IF YOU DON'T TAKE CARE OF YOURSELF,
THEY WILL KILL YOU AND THERE IS NO HELP.
YOU WILL DIE IN SUFFER AND IN PAIN,
THEY WILL KILL YOU AND EAT YOUR BRAIN.

Wir teilen die Welt mit Wesen,
deren Existenz, der Großteil der Menschen,
nicht begreifen kann.

-Akif Turan-

TOTE NACHT GESCHICHTEN
BAND II

VON
AKIF TURAN

Verlag: BoD • Books on Demand GmbH, In de Tarpen 42, 22848 Norderstedt
Druck: Libri Plureos GmbH, Friedensallee 273, 22763 Hamburg
ISBN: 978-3-7597-7922-9

WERTVOLL

Stefan war schon immer ein Mensch gewesen, der sehr viel Wert auf so einiges gelegt hatte. Seien es Termine beziehungsweise Verabredungen mit anderen Personen, die Einhaltung seiner Pläne, besondere Anlässe beziehungsweise Geburstage oder sonstige Feierlichkeiten, Familientreffen, umweltbewusstes leben, auf die eigene Fitness sowie auch auf die Gesundheit achten, aber auch auf gewisse Dinge beziehungsweise Gegenstände pflegte er stets viel Wert darauf zu legen. So ziemlich alles war für Stefan sehr von Bedeutung. Vor allem jedoch, hatte ein ganz besonderer Gegenstand einen ganz hohen und besonderen Wert für ihn.

Die weiße Kaffeetasse, die ihm seine Mutter nur wenige Tage vor ihrem plötzlichen Tod geschenkt hatte.

Sie war somit das letzte Geschenk, das Stefan von seiner Mutter erhalten hatte und von daher war die weiße Kaffeetasse mit der Aufschrift "Ich bin stolz auf dich mein Sohn" sehr wertvoll für ihn gewesen.

Die Kaffeetasse war für Stefan sogar so wertvoll gewesen, dass er nicht einmal zum Trinken verwendete, weil er Angst hatte, dass sie kaputt gehen könnte.

Er passte gut auf sie auf. Jeden Tag reinigte und polierte er die Tasse, sodass sie stets sauber bleiben konnte.

Und, weil die Kaffeetasse so besonders gewesen war, bekam sie auch einen ganz besonderen Platz in seiner Wohnung und wurde nicht einfach so zu den anderen Tassen in der Küche abgestellt.

Sie stand auf einem der Wandregale, die Stefan in seiner Wohnung angebracht hatte. Auf manchen standen Bücher nebeneinander aufgreiht, auf anderen Bilder, auf denen er einige Erlebnisse und Momente aus seiner unvergesslichen Vergangenheit festgehalten hatte und auf einem dieser Regale, genau in der Mitte, war die Kaffeetasse platziert gewesen.

Sie stand so prachtvoll präsentiert da und erweckte den Eindruck von einem Pokal.

Jedenfalls bekam Stefan eines Tages einen Besuch von einem seiner Kollegen. Die beiden waren auch recht gut miteinander befreundet gewesen.

So wie es für einen guten Gastgeber üblich gewesen war, hatte Stefan jede Menge Snacks, Naschereien und Getränke auf dem Tisch im Wohnzimmer bereitgestellt, um seinen Freund und Kollegen gut versorgen zu können.

Der Abend hatte ganz gut angefangen und Stefan und sein Kollege Simon amüsierten sich prächtig.

6

Irgendwann, im Laufe des Abends, ging Stefan in seine Küche um eine weitere Packung Kartoffelchips zu holen, weil sie die Schüssel bereits leer gefuttert hatten.

Als Stefan jedoch wieder in das Wohnzimmer zurückgekehrt war, hatte er mitangesehen, dass Simon sein nächstes Getränk aus genau der Kaffeetasse trank, die seine Mutter ihm geschenkt hatte.

Bei diesem Anblick wurde Stefan plötzlich wütend und konnte nicht glauben, was seine mit Hass erfüllten Augen erblicken mussten.

In völliger Rage ließ er die Packung mit den Kartoffelchips darin auf den Boden fallen und fing an Simon anzuschreien >>*"Leg sie Tasse sofort wieder zurück, hörst du?"*<< Simon hatte sich beinahe verschluckt, als Stefan ihn so dermaßen angeschrien hatte und fand sich in völliger Verwirrung wieder.

>>*Das ist die Kaffetasse, die meine Mutter kurz vor ihrem Tod geschenkt hatte und nicht einmal ich habe sie bis heute benutzt.*<< Schrie Stefan seinen Kollegen Simon weiter an.

Simon hatte sich daraufhin sofort entschuldigt und die Tasse sofort auf den Tisch gestellt.

>>*Es tut mir sehr Leid Stefan! Ich wusste nicht, dass ich die Tasse nicht benutzen durfte. Sie stand da so auf dem Regal und ich dachte, ich trinke mal aus ihr.*<< Verteidigte sich Simon.

>>*Nimmst du immer einfach so Sachen, ohne*

vorher um Erlaubnis zu bitten?<< Wollte Stefan
mit verärgerter Stimme von Simon wissen, doch
bevor Simon noch darauf eine Antwort geben
konnte, hatte sich Stefan sofort auf ihn gestürzt.
Er war wie eine wilde Bestie, die gerade dabei
gewesen war ihr Opfer zu zerfleischen.
Stefan prügelte immer mehr und härter auf
Simon ein, sodass Simon kurzer Zeit später
vollkommen blutüberströmt und bewusstlos auf
dem Boden gelegen hatte.
Doch das genügte Stefan noch lange nicht. Also
griff er auf den leeren Schüssel, in der vorher die
Kartoffelchips waren und schlug sie mehrmals
auf Simons Kopf. Bis die Schlüssel irgendwann
nachgab und in mehrere Stücke sprang. Einige
der Porzellanstücke des Schüssels stecken in
Simons völlig entstelltem Gesicht, der
mittlerweile nicht mehr bewusstlos, sondern
gestorben war.
Danach stand Stefan auf, so als ob nichts
gewesen wäre und stellte mit seinen blutigen
Händen die Kaffeetasse, in der sich noch ein
wenig Orangensaft von Simon befand, zurück auf
den Regal.

VERSCHULDET

Erik war ein besessener Spieler von Glücksspielen und Wetten.

Ganz egal, ob es nun Rubbellose, Lottoscheine, Automaten, Sportwetten oder diverse Spieltische in Casinos waren, Erik verbrachte Stunden seiner Tage damit diverse Wetten abzuschließen.

Er hatte bereits die Hälfte seines Lebens mit Glücksspielen vergeudet und, obwohl er alles verloren hatte, dachte Erik nicht einfach daran damit aufzuhören, sondern machte hoffnungslos weiter und verschuldete sich immer mehr.

Einige Wettbüros hatten ihm sogar Hausverbot gegeben, doch dies hinderte Erik nicht daran weiterzumachen. Denn es waren ja noch viele weitere Plätze und Orte an denen er seine Sucht nach Glücksspielen weiter nähren konnte.

Und genau diese Sucht hatte letztendlich dazu geführt, dass Erik schon bald seine Ehe beenden und damit seine geliebte Ehefrau sowie seine beiden Töchter aufgeben musste. Genauso wurde er kurze Zeit darauf obdachlos und musste bei seinem älteren Bruder und dessen Frau leben.

Seine Schwägerin war wenig von dieser Idee begeistert gewesen, doch ihr Mann, Dirk, hatte sie doch noch dazu überreden können seinen jüngeren Bruder für ein paar Tage aufzunehmen. Schließlich hatte er viel durchgemacht.

Doch aus den paar Tagen wurden ein paar Wochen, ein paar Monate und schließlich ein ganzes Jahr.

Erik hatte es schließlich ganz gemütlich bei seinem älteren Bruder Dirk und dessen Ehefrau Sonja.

Er hatte stets eine warme Mahlzeit am Tisch, ein festes Dach über dem Kopf und er musste sich weder um den Haushalt noch um etwas anderes Gedanken machen.

Erik lebte wie ein 1-A Prominenter, der sich um nichts kümmern musste außer um sein eigenes Wohlergehen.

Und da er keinerlei finanzielle Verantwortungen hatte, dachte er auch gar nicht daran arbeiten zu gehen. Er borgte sich immer mehr Geld von Dirk aus und verkaufte sämtliche Sachen, die Dirk und Sonja nicht wirklich gebrauchen konnten, meist auch ohne um Erlaubnis zu fragen, um so an Geld zu gelangen, die er wiederum bei den Glücksspielen verspielte.

Sonja hatte Dirk bereits oft darüber angesprochen und Dirk dazu gedrängt, dass er Erik dazu animieren solle einen Job zu finden und auszuziehen. Doch Dirk wusste ganz genau, dass Erik ganz schön wütend sein konnte, wenn man ihn zu etwas bedrängte. Und wenn Erik mal außer sich war, war er durch nichts mehr aufzuhalten gewesen. Daher wollte er dieses hagliche Thema besonders vorsichtig behandeln und es seinem jüngeren Bruder so schonend wie nur möglich beibringen. Doch jedes Mal, sobald er damit anfangen wollte, wurde er von Erik entweder nicht ignoriert oder er entkam mit irgendwelchen faulen Ausreden davon.

Und während Sonja und Dirk weiterhin am Verzweifeln waren, widmete sich Erik seiner Leidenschaft zu und verbrachte noch mehr Zeit draußen. Manchmal war er sogar über mehrere Tage oder Nächte weg.

Sein älterer Bruder Dirk hatte irgendwann herausgefunden, dass Erik oft in irgendwelchen Casinos die Nacht verbracht oder sich bei irgendwelchen zwielichtigen Typen aufgehalten hatte, die private Glücksspiele bei sich Zuhause betrieben hatten.

Dirk wollte mit der dunklen Welt, in die sein jüngerer Bruder geraten war, nicht zu tun haben, weswegen er sich da nicht allzu sehr einmischen wollte. Doch Sorgen machte er sich ständig. Er konnte nur hoffen, dass seinem Bruder nichts schreckliches zustoßen würde.

Eines Abends, als Dirk im Wohnzimmer seine Lieblingssitcom angesehen hatte und Sonja das Abendessen zubereitete, stürmte Erik in die Wohnung hinein.

Er knallte die Tür hinter sich zu und war vollkommen außer sich gewesen.

Schweißgebadet und völlig außer Atem schreitete er mit schnellen Schritten voran ins Wohnzimmer. Dirk und Sonja standen bereits vor Schreck mitten im Zimmer und wussten nicht was vor sich ging.

Zum ersten Mal nach fünf Tagen hatten sie Erik wieder gesehen und ahnten bei dessen schrecklichem Anblick nichts Gutes. Vor allem fiel den beiden seine schlecht veraztete Hand auf, die mit einer Bandage umwickelt war und an der Stelle, an der sein rechter Kleinfinger sein sollte, nicht als Blut zu sehen war.

Ohne seine Aufmerksamkeit den beiden zu richten, fing Erik plötzlich in der gesamten Wohnung zu stöbern an. Verzweifelt suchte er nach wertvollen Gegenständen, die er noch verkaufen könnte, weil er sich bei ein paar sehr gefährlichen Typen hoch verschuldet hatte.

Es war eine sehr hohe Summe, um die es dabei ging und Erik musste seine Schulden so schnell wie möglich begleichen, weil man ihm ansonsten mit dem Tod gedroht hatte. Und damit er der Drohung auch tatsächlich Glauben schenken sollte, hatte man ihm den kleinen Finger an seiner rechten Hand abgeschnitten.

Es war also diesmal etwas sehr ernstes gewesen und Erik musste sich beeilen.

Während Sonja vor lauter Angst vor sich hin winselte, versuchte Dirk das Gespräch mit seinem jüngeren Bruder aufzubauen und versuchte herauszufinden, was genau vor sich ging.

Doch Erik war so außer sich gewesen, dass er weder Dirk noch seine Zurufe wahrnehmen konnte.

Schließlich hatte Dirk Erik an dessen Schultern gepackt und mit wütender Stimme gefragt, was er hier mache und wieso ihm ein Finger fehlen würde.

Nach einem kurzen Schweigen erzählte Erik ganz aufgeregt, dass er bei einigen sehr mysteriösen und dunklen Männern Schulden aufgebaut hatte, die er noch an diesem Abend bezahlen musste.

Als Dirk noch wissen wollte, wie hoch Erik's Schulden seien und Erik sie ihm gesagt hatte, wurde Dirk vorerst ganz blass im Gesicht, doch nach nicht allzu langer Zeit versuchte er die Ruhe zu bewahren und eine Lösung zu finden.

Dirk versuchte beide, Sonja und Erik, zu beruhigen und nachzudenken.

Doch die Schuldsumme, um die es ging, war einfach viel zu hoch und die Zeit zum Nachdenken sehr wenig gewesen.

Noch während sie alle am Verzweifeln waren, stürmten drei zwielichtige Männer in die Wohnung herein und forderten nun das Geld, das Erik ihnen schuldete.

Dirk versuchte ein vernünftiges Gespräch mit den fremden Männern aufzubauen und so eine Lösung zu finden, um die Schulden seines

jüngeren Bruders begleichen zu können.
Zumindest versuchte er ein paar Tage Zeit zu
gewinnen, um das Geld anzuschaffen. Doch eines
der drei Männer sagte ihm, dass sie nicht länger
warten können und, dass Erik bereits seit 1
Woche das Geld schulden würde.
Ihr Vorgesetzter würde nicht mehr länger warten
wollen, ließen sie Dirk wissen und fügten hinzu,
dass sie entweder jetzt das Geld einfordern oder
Erik töten müssten.
Jegliche Versuche von Dirk die Männer
überreden zu wollen, waren vergebens und er
wusste selber nicht mehr weiter.
Und als plötzlich die Männer ihre Schusswaffen
aus ihrem Hosenbund herausholten, fiel Erik
plötzlich eine Idee ein, die er sofort mit den drei
Männern teilen wollte.
Da Erik wusste, dass der Mann, dem er das ganze
Geld schuldete, unter anderem auch bei einer
internationalen Organmafia mitmischte, hatte er
den drei Männern folgenden Vorschlag gemacht.
Sie sollten ihn von seinen Schulden entlasten,
wenn sie dafür die Organe von seinem älteren
Bruder und dessen Ehefrau Sonja nehmen und
damit in den Handel eingehen würden.
Als Dirk und Sonja diesen schrecklichen und
zugleich barbarischen Plan von Erik gehört
hatten, waren sie vor Schock wie gelähmt
gewesen.
Die drei fremden und furcheinflößenden Männer

jedoch, waren mit der Idee und diesem Vorschlag einverstanden gewesen und meinten, dass ihr Vorgesetzter dies als Rückzahlung anerkennen und somit Erik von seinen Schulden befreien würde.

Noch während Dirk und Sonja damit beschäftigt gewesen waren, herauszufinden was vor sich ging, hatten zwei der Männer ihre Schusswaffen mit einem Schalldämpfer bestückt und jeweils eine Munition in die Schädel von Dirk und Sonja abgefeuert. Die beiden waren auf der Stelle tot gewesen. Die drei Männer sprachen Erik wieder schuldenfrei und nahmen die zwei Leichen mit.

EINER ZU VIEL

Eigentlich war die Familie Pérez gar nicht so
groß gewesen, aber für den erstgeborenen
Alberto war ein Familienmitglied stets immer
einer zu viel.
Mit seinem zwei Jahre jüngeren Bruder Miguel
und ihren beiden Eltern, waren sie geradeeinmal
vier Personen im Haushalt.
Alberto konnte seinen um zwei Jahre jüngeren
Bruder schon seit dessen Geburt nicht besonders
leiden. Doch anstatt ihm gemeine Streiche zu
spielen oder sich ihm gegenüber fies zu verhalten,
versuchte Alberto Miguel zu ignorieren. So sehr
Miguel auch nur ein Teil im Leben seines älteren
Bruders werden wollte, schaffte er es einfach
nicht zu ihm durchzudringen.
Alberto tat immer so, als würde Miguel gar nicht
existieren.
Und, obwohl Alberto seit über vielen Jahren es
geschafft hatte, seinen jüngeren Bruder auf
Distanz zu halten, kam er dennoch nicht über die
eine oder andere Konfrontation hinweg.
Schließlich griffen hin und wieder seine Eltern
ein und baten ihn darum auf Miguel aufzupassen
oder diverse Sachen für ihn zu erledigen. Darüber
ärgerte sich Alberto immer am meisten. Denn, er

hatte keinen älteren Bruder, der ihm alles hätte zeigen können, weswegen er vieles alleine lernen oder machen musste. Klar, er hatte sein Vater Valerio, aber das war nicht dasselbe wie einen älteren Bruder zu haben. Denn es gab gewisse Sachen, die konnte man mit dem eigenen Vater einfach nicht unternehmen. Daher war Alberto gewissermaßen gezwungen vieles alleine herauszufinden beziehungsweise zu machen. Doch Miguel hatte es etwas einfacher. Sein älterer Bruder Alberto musste vieles für ihn erledigen und ihm auch vieles zeigen beziehungsweise beibringen. Dinge, die ihm keiner gezeigt, die er selber lernen musste, musste er plötzlich jemand anderem beibringen. Derartige Momente fand Alberto jedes Mal sehr unfair. Und das wiederum sorgte dafür, dass er sich immer mehr von seinem jüngeren Bruder Miguel distanzierte. Er wollte ihm einfach all diese Gefallen nicht tun. Er kam sich wie der persönliche Diener seines jüngeren Bruders vor. Alberto hatte ohnehin bereits genug eigene Sachen zu erledigen gehabt und da sollte er sich auch noch um all das Anliegen seines Bruders Miguel kümmern? Das ging einfach nicht.
So konnte und durfte das einfach nicht weitergehen.
Alberto hatte sich bereits mehrmals darüber bei seinen Eltern beschwert, doch leider immer vergebens.

Seine Eltern machten ihn für vieles, sowie auch für Miguel verantwortlich und waren nicht bereit gewesen, ihm ein wenig Last von den Schultern zu nehmen.

Alberto fühlte sich daher von seinen Eltern nicht verstanden. Sie machten sich nicht einmal die Mühe ihrem ältesten Sohn richtig zuzuhören.

Sie winkten vieles leichtsinnig ab und taten so, als sei alles was Alberto zu ihnen sagte, nicht von Bedeutung wäre.

Daher hatte Alberto es irgendwann aufgegeben und erzählte seinen Eltern gar nichts mehr. Er versuchte selbst Lösungen zu finden und mit gewissen umständlichen Situationen alleine klar zu kommen. So wie er das schon immer getan hatte. Alberto war schon immer auf sich alleine gestellt gewesen.

Sein jüngerer Bruder Miguel hingegen, bekam alles in den Mund geschoben.

Doch damit sollte nun endgültig Schluss sein.

Alberto war eines Tages der Meinung gewesen, dass es für Miguel nun an der Zeit gewesen war, zu lernen auf eigenen Beinen zu stehen.

Also setzte sich Alberto mit Miguel auf ein ernstes Gespräch unter zwei Teenager Brüdern zusammen und versuchte ihm klar zu machen, dass er von nun an auf sich selbst gestellt war und auf jegliche weitere Hilfe von Alberto verzichten musste. Ob es ihm nun gefiel oder nicht.

Alberto erklärte Miguel, dass er lange genug sein Zimmer mit ihm geteilt, ihn zur Schule und dann wieder nach Hause gebracht, seine Hausaufgaben gemacht, seine Spielzeuge an ihm abgegeben, und viele weitere Sachen für ihn gemacht und viel von seiner wertvollen zeit für ihn verschwendet hat. Auch, dass seine Mutter Carla immer nur die Lieblingsgerichte von Miguel gekocht hatte und, die er gezwungen war zu essen, obwohl sie ihm nicht schmeckten, hatte Alberto gegenüber seinem jüngeren Bruder erwähnt.

Alberto versuchte Miguel einfach nur klar zu machen, dass er von nun an ihm nicht mehr helfen würde und, dass Miguel sich um seine Angelegenheiten gefälligst selber kümmern sollte. Miguel, der darüber zu Beginn sehr traurig geworden war, weil er dachte, dass sein älterer Bruder ihn im Stich lassen würde, wurde von Minute zu Minute immer wütender. Die Wut kochte und pochte in ihm, ohne, dass Alberto davon etwas mitbekommen hatte.

Miguel's Gesicht fing an vor lauter Zorn rot anzulaufen und seine beiden Wangen bließen sich vor dem enormen Druck, der in ihm entstand, auf wie die Schallblasen bei einem Frosch. Seine aufgerissenen Augen waren dabei aus seinen Augenhöhlen herauszuspringen. Die Vorstellung, aber auch die Tatsache, dass sein älterer

Bruder ihm nicht mehr helfen wollte, fand
Miguel ganz und gar nicht in Ordnung. Er fühlte
sich hintergangen. Er fühlte sich im Stich
gelassen. Er fühlte sich nicht geliebt. Miguel war
enttäuscht und verärgert zugleich.
Und genau diese Kombination brachte ihn
schließlich dazu nur noch schwarz zu sehen.
Mit der Kraft eines Schwarzbären sprang Miguel
plötzlich auf seinen älteren Bruder Alberto und
packte ihn mit unvorstellbaren Kräften an dessen
Hals und schnürte ihm die Kehle zu.
Obwohl Alberto eigentlich kräftiger als sein zwei
Jahre jüngerer Bruder gewesen war, schaffte er es
dennoch nicht ihn zu überwältigen.
Alberto war fassungslos darüber gewesen, wie
stark Miguel eigentlich gewesen war, der immer
noch mit all seiner Kraft ihn erwürgte.
Es dauerte nicht mehr lange und Alberto musste
sich, trotz seines Widerstandes, geschlagen geben.
Seine Kräfte ließen nach und er wurde immer
schwächer und bekam immer weniger Luft.
Schließlich, nach sehr langen und qualvollen fünf
Minuten war Alberto gestorben.
Miguel war immer noch von der Wut und von
dem Zorn gepackt, sodass er ausgesehen hatte,
als wäre er von etwas teuflischem
beziehungsweise dämonischem bessen gewesen.
Seine Handabrücke waren deutlich am Hals
seines verstorbenen älteren Bruders zu sehen,
nachdem er endlich von ihm losgelassen hatte.

Mit langsamen und tiefen Atemzügen starrte Miguel die frische Leiche seines älteren Bruders noch eine Weile an bis er schließlich aufstand und einfach so wegging, als wäre gar nichts passiert.

DER HAUSDIENER

Der ursprünglich aus Polen stammender Hausdiener Artur Król, arbeitete bereits seit fünfzehn Jahren für die norwegische Familie Strøm und wurde keinen einzigen Tag für seine überaus hervorragenden Dienste gelobt. Keines der Familienmitglieder Strøm würdigte ihm auch nur den kleinsten Dank. Die gesamte Familie nahm seine Arbeit, die oftmals auch sehr anstrengend beziehungsweise auch von Zeit zur Zeit kompliziert und stressig sein konnte, als selbstverständlich hin. Sie schafften es einfach nicht die harte Arbeit, die Artur Król Tag für Tag auf's Neue leisten musste, anzuerkennen. Artur Król liegf der stressigen Arbeit der Familie Strøm hinterher und musste ihnen im wahrsten Sinne des Wortes alles erdenkliche hinterher aufräumen. Artur Król verzichtete nicht nur auf das meiste seiner Freizeit, sofern er überhaupt welche hatte, er musste auch auf die Liebe verzichten. Ihm war klar gewesen, dass er, bei diesem Beruf, keine eigene Familie hätte gründen können, aber für die Liebe wäre dennoch Platz gewesen. Doch nicht, wenn man als der Hausdiener der Familie Strøm angestellt gewesen war.

Da hatte man weder Platz für die Liebe noch für sonst etwas anderes. Für Artur Król gab es nur die Familie Strøm, um die er sich die ganze Zeit über kümmern musste. Und, obwohl er alles für die Familie Strøm getan und ihr Leben ihnen sehr viel einfacher und bequemer gestaltet hatte, hatte er, in all den Jahren, kein eiziges Mal das Wort "Danke!" gehört. Aber dafür sehr oft Flüche und Beschimpfungen, die er allesamt über sich ergehen lassen musste. Wenn Artur Król nicht zur selben Zeit an verschiedenen Orten sein konnte, wurde er sofort mit der Zorn eines der Familienmitglieder konfrontiert. Sie wollten einfach nicht verstehen, wieso er zum Beispiel nicht gleichzeitig dem Baby die Windel wechseln, den Hund Gassi führen und das Abendessen vorbereiten konnte, während die gesamte Familie hungrig am Esstisch gesessen hatte. Wie konnte er es nur wagen sie alle warten beziehungsweise verhungern zu lassen. Und das Gebell des Toy-Pudels war auch nicht mehr zu ertragen gewesen. Doch trotz all der Schikane, die die Familie Strøm ihm an den Kopf geworfen hatte, dachte Artur Król nicht daran zu kündigen. Denn die Familie Strøm bezahlte ihm ein überaus lukratives Gehalt. Zumindest waren sie in dieser Sache korrekt und bezahlten Artur Król allein für eine Woche mehr als ein Speditionskaufmann im Monat verdient.
Zudem durfte er mietfrei in der Villa der Familie

Strøm wohnen und profitierte sonst noch von einigen Vorteilen, die ihm sein Job als Hausdiener verschaffte.

Doch irgendwann hatte Artur Król es eingesehen, dass Geld nicht alles ist. Denn die Schikane und auch die Undankbarkeit der fünfköpfigen Familie Strøm nahmen immer mehr zu. Es wurde immer schlimmer. Vor allem nachdem die Zwillingsmädchen zu nervtötenden Teenagern herangewachsen waren und sich mitten in der Pubertät befanden. Sie brachten das Fass am Ende zum Überlaufen.

Auf der einen Seite musste sich Artur Król um die Zwillinge kümmern, die seine Geduld mehr als nur strapazierten, auf der anderen Seite um das dreijährige Baby, das immerzu schreite und auf wiederum der anderen Seite musste er sich um die Bedürfnisse und Wünsche der Eltern dieser Satansbraten kümmern. Und, als ob das alles nicht genug gewesen wäre, musste er auch noch den Hundesitter spielen.

Eines Tages hatte die Familie Strøm einen weiteren wichtigen Besuch von einem ihrer reichen und wohlhabenden Freunde bekommen. Und auch dieses Mal musste sich Artur Król von diesem Besuch schikanieren lassen. Die Gäste hatten ihn wie einen Arbeitssklaven behandelt. Zudem musste hatten deren Kinder für viel Dreck und Schmutz gesorgt, weswegen Artur Król ihnen ständig nachputzen musste. So sehr geschwitzt hatte er in den fünfzehn Jahren nicht. Und anstatt ihn in Schutz zu nehmen, setzte die Familie Strøm eins drauf und erniedrigte ihren loyalen Hausdiener umso mehr, nachdem er aus purer Erschöpfung ein wenig geseufzt hatte. Die Familie Strøm fand das zutiefst respektlos gegenüber ihren Gästen und Freunden.

Zur Strafe hatte man ihm sogar seine wohlverdiente Pause entzogen, sodass Artur Król den Rest des Abends hungrig verbringen beziehungsweise arbeiten musste.

Und genau nach diesem Vorfall war bei Artur Król ein Licht aufgegangen. Er hatte beschlossen sich nichts mehr gefallen zu lassen. Das war keine Frage des Geldes mehr, sondern des Respekts, der Anerkennung, des Dankes und der Menschlichkeit.

Nach diesem Tag hatte Artur Król beschlossen sich nie wieder, für kein Geld der Welt, schikanieren und respektlos behandeln zu lassen.

Nach diesem Tag war in Artur Król ein Monster erwacht. Etwas so abgrundtief Böses, das ihn regelrecht zu einer Tat verleiten ließ, das er eventuell noch bereuen könnte. Doch darüber wollte Artur Król nicht nachdenken. Die Konsequenzen waren ihm zu diesem Zeitpunkt vollkommen egal gewesen.

Artur Król hatte nur eines im Sinn.

Den Tod der Familie Strøm.

Nur zwei Tage nachdem die Gäste und Freunde

der Famile Strøm wieder nach Hause geflogen waren, hatte Artur Król weiterhin seine Dienste im Haushalt geleistet so wie sonst immer auch. Doch dieses Mal wirkte er so, als sei er nicht mehr selbst gewesen. Es war so, als würde jemand oder etwas dunkles ihn steuern. Die Art, wie er plötzlich redete und die Art, wie er sich gegenüber der Familie Strøm verhielt, waren komplett verändert gewesen.

Trotz der vielen stressigen Arbeit, wirkte Artur Król plötzlich nicht mehr gestresst, sondern eher ruhig und gelassen. Selbstverständlich war das niemandem aus der Familie Strøm aufgefallen. Sie waren viel zu sehr mit dem Luxus in ihrem Leben beschäftigt und machten sich keine Gedanken über andere. So ziemlich jeder war ihnen egal gewesen. Selbst untereinander waren sie sich gegenüber beinahe wie Fremde gewesen. Denn Artur Król war derjenige, der sich sowohl um alles im Haushalt als auch um die Angelegenheiten jedes einzelnen Familienmitglieds kümmerte.

Doch damit sollte nun Schluss sein.

Nachdem Artur Król das schreiende Baby mit einem Kissen erstickt hatte, bereitete er in der Küche das Abendessen vor. Der Familie Strøm war nocht nicht einmal aufgefallen, dass das Baby nicht mehr geschrien hatte. So sehr waren sie alle mit sich selbst beschäftigt.

In der Küche mischte der vom Bösen geleitete

Hausdiener etwas Insektenschutzmittel mit extra Dosis in das Essen hinein und bereitete es so zu, sodass keinem der Familie Strøm weder Geschmack noch Geruch auffallen würden.

Nachdem er das Abendessen serviert hatte, hatte er sich in eine Ecke zurückgezogen, um von dort aus, mit einem

teuflischen Grinser im Gesicht, der Familie Strøm beim elendigen Sterben zusehen zu können.

Nach einer Weile bekam jedes einzelne Mitglied der Familie Strøm Bauchschmerzen und sie klagten zudem über ihrer plötzlich steigenden Körpertemperatur.

Sie liefen am ganzen Körper rot an und schwitzen unaufhörlich, während sie ebenso unaufhörlich keuchten und husteten.

Sie hatten ihren Hausdiener Artur Król verzweifelt um Hilfe gebeten, doch der stand einfach nur da und wartete darauf bis jeder von ihnen krepiert.

Kurzer Zeit später musste jeder der Familie Strøm sich übergeben, bevor sie anschließend leblos am edlen Boden des Esszimmers verendeten.

Nachdem Artur Król von deren Tod überzeugt gewesen war, nahm er den Toy-Pudel, den er als einziges Familienmitglied am Leben gelassen hatte, mit sich und verließ die Villa für immer.

DER ZUNGENFRESSER

Natsuki Nakamura war erst neun Jahre alt, als sie zum ersten Mal mit dem Lügen angefangen hatte. Sie war das einzige Kind in der Familie und wurde von ihren Eltern streng aufgezogen. Sie hatte gerade mal das Gehen gelernt, als ihre beiden Eltern mit ihrer strengen Erziehung angefangen hatten.

So war das in Japan nun mal üblich. Die Kinder wurden bereits noch in Babyjahren streng und diszipliniert erzogen. Zu den strengen Erziehungsmaßnahmen gehörte auch das Nichtlügen.

Damit die Kinder auch ja nicht auf die Idee kommen sollten ihre eigenen Eltern, aber auch ihre Lehrer in der Schule und sonst jemanden anzulügen, erzählte man ihnen von einem bösen Geist, der die Zungen von all den Kindern auffrisst, die lügten.

Den Kindern wurde damit Angst gemacht, dass der sogenannte böse Geist Shitaberu, der Zungenfresser, kommen und die Zunge des Kindes, das gelogen hatte, auf der Stelle herausreißen und auffressen würde.

So waren die Kinder in Japan gezwungen gewesen immer die Wahrheit zu sagen und niemals zu lügen. So wuchsen sie alle auf.

Nur ein einziges Mädchen, nämlich Natsuki, kam eines Tages auf die Idee, dass genau mit dieser Geschichte die Eltern ihre Kinder eigentlich belügen und somit genau das Gegenteil von dem machen würden, was sie ihnen erzählten. Natsuki glaubte nicht mehr an diese Art von Gruselgeschichten und an all die bösen Geister, die laut ihren Eltern existieren sollten. Schließlich hatte sie bislang noch keinen einzigen Geist gesehen beziehungsweise war keinem begegnet.

Sie war der festen Überzeugung gewesen, dass ihre Eltern all die bösen Geistergeschichten erfinden würden, um den Kindern Angst einzujagen, sodass sie die Kinder besser unter Kontrolle halten konnten.

Und, um genau das herauszufinden, hatte die neunjährige Natsuki beschlossen ein Experiment zu wagen. Sie wollte herausfinden, wieviel Wahrheit an der Geschichte ihrer Eltern stecken beziehungsweise, ob die Geschichte mit Shitaberu überhaupt wahr sein würde.

Nachdem der Schulbus sie Zuhause abgesetzt hatte, ging Natsuki fröhlich auf- und abspringend zu ihrer Haustür.

Sie konnte es kaum erwarten ihr Experiment zu testen. Ihre Eltern waren bereits Zuhause und warteten auf die Ankunft von Natsuki, bevor sie alle gemeinsam das Abendessen zubereiten konnten.

Auch das gemeinsame Kochen, sowie das Helfen im Haushalt gehörten auch zu den strengen Erziehungsmaßnahmen, die die Kinder in Japan bereits in jungen Jahren erhielten.

Die Aufgaben wurden immer abwechselnd unter den Familienmitgliedern gerecht aufgeteilt, sodass jeder alles machen konnte. An jenem Tag war Natsuki mit dem Kochen der Suppe beauftragt gewesen.

Ochazuke stand am Menüprogramm. Eine Japanische Lachs-Grünteesuppe mit Reis und Gemüse. Natsuki beherrschte das Rezept, das sie von ihrer Mutter gelernt hatte, hervorragend.

Nachdem Natsuki das Haus betreten und freundlich ihre Eltern begrüßt hatte, ging sie ins Badezimmer und wusch sich die Hände und das Gesicht. Danach zog sie ihre Schuluniform aus und zog ein hübsches Kleid zum Abendessen an. Schließlich kochte die Familie ganz froh und motiviert. Sie hatten alle, so wie auch sonst immer, sehr viel Spaß dabei.

Während des Essen wurde auf ein Gespräch beziehungsweise auf eine Unterhaltung verzichtet, weil das sehr unhöflich gewesen wäre. Natsuki's Eltern waren der Meinung gewesen, dass man in aller Ruhe und ohne gestört zu werden essen sollte und abgesehen davon wäre es sehr unangebracht gewesen mit vollem Mund zu sprechen.

Stattdessen lauschten sie sich gegenseitig beim

fröhlichen Schmatzen zu. Auch wenn sie sich noch so sehr angestrengt hatten leise und vorsichtig zu essen, gelang ihnen dies nicht immer.

Doch zumindest hatten sie sich dabei bemüht. Nachdem sie endlich fertig aufgegessen hatten, räumten sie alle gemeinsam das gesamte Geschirr vom Esstisch weg und stellten alles in der Küche ab.

Hinterher wechselten sie in das Wohnzimmer und fingen an sich zu unterhalten. Der Vater von Natsuki wollte von ihr wissen, wie ihr Tag in der Schule gewesen war und was sie alles getan und gelernt hatte. Und genau an diesem Punkt hatte Natsuki beschlosse ihren Vater anzulügen.

Anstatt ihrem Vater und ihrer Mutter die Wahrheit darüber zu erzählen, was sie tatsächlich in der Schule gemacht hatte, erfand sie ganz schnell eine Lüge. Die Lüge hatte sie sich bereits in der Schule, während der langen Pause überlegt und niemandem von ihrem Plan erzählt.

Natsuki fing mit der Lüge an und erzählte ihren Eltern, ohne sich das Lügen anmerken zu lassen, dass eine neue Schülerin namens Amelia in der Schule angemeldet worden sei. Zudem erzählte Natsuki ihren Eltern, dass Amelia gemeinsam mit ihrer Familie aus Australien nach Japan eingereist war und mit ihr gemeinsam in die selbe Klasse ginge. Sie wurden sofort zu besten Freundinnen, ließ sie ihre Eltern noch glauben.

Die Eltern von Natsuki waren sehr begeistert darüber gewesen und freuten sich sehr darüber, dass ihre Tochter eine neue Freundin gewonnen hatte. Die beiden könnten sehr viel voneinander, vor allem von den Kulturen der jeweils anderen, lernen. Für die Eltern von Natsuki war eine derartige Weiterbildung ihres Kindes sehr wichtig gewesen.

Natürlich hofften die Eltern von Natsuki ihre neue Freundin Amelia schon bald persönlich kennenzulernen und würden sie und ihre Familie, auch als Zeichen der respekt- und liebevollen Gastfreundschaft, zum Essen bei sich zu Hause einzuladen.

Die neunjährige Natsuki war zwar ein gescheites Mädchen gewesen, doch soweit hatte sie ihre Lüge nicht voraus geplant. Doch darüber würde sie sich erst dann wieder Gedanken machen, wenn es soweit sein würde.

Jetzt war es erst einmal an der Zeit gewesen schlafen zu gehen.

Natsuki war bis dahin sehr entspannt gewesen, weil sie, trotz ihrer großen Lüge, noch dazu gegenüber ihren Eltern, weit und breit keine Anzeichen von einem bösen Geist namens Shitaberu vernommen hatte.

Und, weil dies so war, war sie davon überzeugt gewesen, dass sie recht hatte und, dass die Eltern ihren Kindern ein Märchen erzählt hatten.

Kurz vor dem Schlafengehen, war Natsuki dabei

gewesen stolz und selbstsicher ihre Eltern in deren Schlafzimmer aufzusuchen und ihre Lüge zu gestehen. Sie konnte es kaum erwarten, die Gesichter ihrer Eltern zu sehen, nachdem sie sie bloß gestellt hatte.

Als sie sich gerade auf den Weg gemacht hatte, hörte Natsuki plötzlich eine seltsame Stimme hinter sich, die ihren Namen rief.

Die Stimme klang wie die einer alten Frau. Reflexartig wandte sich Natsuki auf der Stelle in die Richtung zu aus der die Stimme zu ihr gesprochen hatte.

Kaum hatte sich Natsuki umgedreht, schnappte ganz plötzlich eine kalte und verrunzelte Hand ihre Zunge. Nun konnte Natsuki erkennen, dass es sich dabei um den bösen Geist Shitaberu handeln musste. Eine große und schlanke alte Frau mit weißen Haaren und drei Augen. Das dritte Auge befand sich auf ihrer Stirn. Der böse Geist hatte die Zunge von Natsuki so fest gepackt, sodass sie kein Ton von sich geben und nicht um Hilfe schreien konnte.

Noch während die Tränen vor lauter Angst ihre Wangen hinunter kullerten, öffnete Shitaberu ihren Mund ganz weit auf, riss schlagartig die Zunge von Natsuki heraus und verschlang sie mit einem Happen hinunter.

Danach war sie wieder genau so auf eine mysteriöse Art und Weise verschwunden wie sie zuvor aufgetaucht war. Sie hinterließ keinerlei

Spuren von sich. Nur die am Boden liegende und vor Schmerzen und Panik schreiend weinende Natsuki, die spätestens zu diesem Zeitpunkt ihre Lüge bereut hatte.

 VEGAN

Michael und seine beiden Freunde Matthias und Robert stammen aus Österreich und sie alle drei lieben den Konsum von Fleischwaren. Sie haben sich bei einem alljährlich stattfindenden BBQ Grillfest in Wien kennengelernt und wurden fortan zu besten Freunden. Sie verstanden sich auf Anhieb, während sie sich den ganzen Abend lang mit jede Menge Bier und vielen verschiedenen Arten von köstlichen Fleisch- und Grillgerichten regelrecht ins Koma gefressen hatten.

Und auch heuer sollte wieder ein BBQ Grillfest in Wien stattfinden. Die drei Freunde wollten sich das auch dieses Mal nicht entgehen lassen und hatten sich enorm über die Vielzahl an exotischen Fleischgerichten gefreut, die dieses Mal im Angebot standen.

Es stand auch ebenso eine Vielzahl an verschiedenen Biersorten aus dem Ausland im Festprogramm. Das waren genug Gründe für die drei Freunde gewesen, um sich mal so ordentlich auf dem BBQ Grillfest auszutoben.

Sie konnten es kaum erwarten und freuten sich schon sehr darauf.

Schließlich war das Wochenende endlich

gekommen und es hieß, für alle Fans von Fleischgerichten, sich das gesamte Wochenende, zwei Tage lang, im sogenannten Fleischparadies zu amüsieren und eventuell auch neue Bekanntschaften zu knüpfen.

Denn das diesjährige Motto lautete "Durch's Fleisch kemma ma z'samm."

Und bereits am zweiten Tag des Festivals machten die drei Freunde eine Bekanntschaft mit einem jungen Mann, der auf Anfang Dreißig zuging.

Sein Name war Jaboah und er stammte ursprünglich aus Fomboni. Die drittgrößte Stadt der Komoren, die an der Nordküste der Insel Mohéli liegt.

Jaboah beherrschte die deutsche Sprache perfekt und sprach ohne jeglicher Akzent.

Die Freunde verstanden sich sehr gut mit ihm und genossen die Unterhaltung mit ihrem afrikanischen Freund sehr.

Sie aßen und tranken von Anfang bis zum Ende des Festivals. Doch die drei Freunde waren so sehr vor Glück außer sich gewesen, dass sie gar nicht mitbekommen hatten, dass ihr neuer Freund Jaboah keinen einzigen Bissen zu sich genommen hatte. Jaboah hatte nur etwas Bier getrunken und war an den vielen köstlichen Fleischsorten, die im Angebot standen, nicht interessiert gewesen.

Jedenfalls ging das BBQ Grillfest zu Ende und

die Menge verteilte sich und verschwand in jegliche Richtungen der Stadt.

Michael, Matthias, Robert und Jaboah blieben noch eine Weile am Festplatz stehen und unterhielten sich noch ein paar Minuten länger. Schließlich war auch ihre Zeit zum Aufbrechen gekommen, sodass sich die drei Freunde von Jaboah verabschiedeten, bevor sie sich auf dem Weg nach Hause machten.

Kurz bevor sie ihre Wege wieder getrennt hatten, machte Jaboah den drei Freunden ein interessantes Angebot.

Jaboah erzählte ihnen, dass er in vier Tagen vorhatte in seine Heimatstadt, nach Fomboni, zu fliegen, weil dort ebenfalls ein großes Fleisch Festival stattfinden würde.

Michael, Matthias und Robert hatten davon zuvor noch nie etwas gehört. Jaboah machte den drei Freunden folgenden Vorschlag. Er würde gerne alle drei zu dem Festival in seiner Heimatstadt einladen und dafür sämtliche Flug- und Aufenthaltskosten übernehmen.

Für die drei Freunde kam ein solches Angebot sehr schnell, doch nach kurzer Überlegung, stimmten sie ihrem neuen Freund Jaboah zu und nahmen seine großzügige Einladung dankend an. Die drei Freunde waren sich sicher gewesen, dass dieser Trip ein richtiges Abenteuer werden würde.

Die vier Tage waren vergangen und alle vier Freunde befanden sich mittlerweile in der

Heimatstadt von Jaboah.

Michael, Matthias und Robert waren fasziniert von der Stadt und dessen Bevölkerung gewesen. Sie waren noch nie zuvor in einem solch exotischen Gebiet gewesen.

Sie waren alle glücklich über ihre kurzfristige Entscheidung gewesen und freuten sich irrsinnig auf das große Fleisch Festival von dem ihr neuer Freund Jaboah ihnen erzählt hatte.

Jaboah versprach ihnen, dass bereits am nächsten Tag das Festival stattfinden und daher die gesamte Stadt in großer Feierlaune sein würde.

Das erweckte in den drei Freunden noch mehr Interesse und sorgte auch gleichzeitig für mehr Neugier sowie auch mehr Freude.

Schließlich war der nächste Tag gekommen.

Doch als die drei Freunde am nächsten Morgen aufgewacht waren, fanden sie sich in einer Art Stall wieder. Es war dunkel und es stank fürchterlich nach Urin und Exkrementen.

Zudem waren sie komplett nackt ausgezogen und mit Stahlketten an ihren Hälsen angekettet gewesen.

Sie waren geschockt und voller Panik gewesen und wussten nicht, wie sie über Nacht an diesen unheimlichen Ort gebracht worden sind.

Sie begannen untereinander ein panisches Gespräch an
und versuchten verzweifelt herauszufinden was vorgefallen war. Sie versuchten sich von den

Ketten zu befreien und wollten entkommen, doch
es gelang ihnen einfach nicht.

Nach einigen Minuten hörten sie Schritte, die
immer näher kamen und dadurch lauter wurden.
Die Stalltür ging auf und das Tageslicht stach in
ihre verblendeten Augen.

Zunächst konnten sie die Person nicht erkenne,
die hereingekommen war, doch nachdem sich
ihre Augen sich an das Tageslicht gewohnt hatten,
konnten sie erkennen, dass es sich dabei um
Jaboah gehandelt hatte.

Zuerst wollten sie, dass Jaboah sie befreit und
baten ihn flehend um seine Hilfe, doch schnell
erkannten sie, das Jaboah hinter ihrer misslichen
Lage gesteckt hatte.

Jaboah erzählte ihnen, dass er und sein gesamtes
Volk leidenschaftliche Veganer sind und daher
alle Fleischesser nicht mögen würden.

So würden er und einige andere aus seinem Volk
um die gesamte Erde reisen und Fleischesser zu
sich nach Hause holen, um sie dann dort mit
pflanzlichen Produkten ernähren würden, um sie
dadurch vom Fleisch abzugewöhnen.

Als die drei Freunde sich schockiert im gesamten
Stall umgesehen hatten, sahen sie viele weitere
Personen, nackte Frauen und Männer, die
allesamt vollkommen erschöpft und angekettet
dagelegen hatten. Sie alle machten den Eindruck
als seien sie von Drogen zugedröhnt gewesen.
Sie waren nicht mehr bei sich gewesen. Gott

weiß, wie lange sie schon in diesem versifften Stall waren. Schnell wurde den drei Freunden klar, dass der ganze Urin- und Exkrementengestank menschlichen Ursprungs war.

Diese schreckliche Erkenntnis brachte sie dazu noch wilder und kräftiger an den Ketten zu rütteln und zu ziehen. Doch jegliche ihrer Versuche waren erfolglos gewesen.

Kurz danach betrat ein weiterer Einheimischer den Stall, der ein Brandeisen bei sich hatte. Dies sorgte bei den drei Freunden für noch mehr unbehagen und erzeugte in ihnen eine noch größere Angst.

Es dauerte auch nicht lange da wurden sie alle nacheinander mit einem "V" an ihren rechten Oberschenkeln gebrandmarkt. Das "V" stand für das Wort "Vegan". Es waren höllische Schmerzen, die sie dadurch erlitten hatten.

Nach ihrer Brandmarkung erzählte Joboah den drei Freunden, dass in einer Stunde die Fütterungszeit stattfinden würde.

Am Speiseplan würden trockenes Grünsalat und dazu etwas Tomaten und Rucola geben. Und zum Trinken, jede Menge frisch gepumptes Wasser aus dem Dorfbrunnen.

RUDI'S GEISTERBAHN

Rudolf Mahler ist ein erfolgreicher Unternehmer in der Unterhaltungsbranche. Schon seit vielen Jahren ist er als Geschäftsführer der wohl gruseligsten Attraktion im Vergnügungspark in Brandenburg tätig. Seine Geisterbahn, in der es von Leichen, Skeletten und Zombies nur so wimmelt, hat sich auf der gesamten Welt herumgesprochen.

Sie gilt als die gruseligste Geisterbahn in der Geschichte der Vergnügungsparks.

Rudi's Gesiterbahn ist daher so beliebt und zugleich furchteinflößend, weil seine Puppen beziehungsweise die Animatronics, die er alle selbst in seine Geisterbahn montiert und eingebaut hat, sehr real wirken.

Zudem sorgt er, während der gesamten Fahrt über, für einen fürchterlichen Gestank sowie sehr realistische Soundeffekte, um damit für mehr Gruseleffekte in der Geisterbahn zu sorgen.

Seine Fahrgäste lieben das. Vor allem die, die ganz besonders Horror und Grusel mögen.

Zu Halloween stehen die Fahrgäste in meterlangen Schlangen, weil die Gesiterbahn ein Muss zu dieser Zeit ist.

Rudi erzielt allein mit seinem Fahrgeschäft in

einem einzigen Monat mehr Umsatz, als die restlichen Attraktionen zusammen.

Rudi's Geisterbahn ist und bleibt als die Sensation des Vergnügungsparks in Brandenburg, Deutschland.

Sie ist eine wahre Goldgrube für den etwas älteren Mann, der auf die mittlere Fünfzig zugeht. Und da Rudi sonst keine Familie hat, bleibt er auf dem gesamten Gewinn sitzen.

Jedenfalls haben ein paar Jugendliche beschlossen ihren gesamten Mut zu sammeln, um eine Fahrt in Rudi's Geisterbahn zu unternehmen. Die Gruppe bestand aus zwei jungen Mädchen und zwei etwa gleichaltrigen Jungs.

Sie waren jeweils ein Paar, die zu viert eine gemeinsame Fahrt in der Geisterbahn machen wollten.

Also hatten sie beschlossen, damit es für sie noch gruseliger wird und ihr Adrenalin noch höher steigt, die Fahrt in der späten Abendstunde zu machen.

Sie standen bereits in der Schlange und je näher sie dem Eingang kamen, umso nervöser wurden sie.

Eine Mischung aus abenteuerlicher Kühnheit und kribbelnde Angst machte sich in ihren pubertierenden Körpern breit.

Sie konnten die gruselige Fahrt kaum abwarten, weswegen sie es einfach nicht schafften ruhig in der Schlange zu stehen.

Die zwei Paare hielten sich die gesamte Zeit über ganz fest an den Händen ihres Herzblattes und hin und wieder umarmten sie sich auch.

Schließlich war die Stunde der Wahrheit endlich gekommen. Sie waren die nächsten, die in eines der Wägen in Form eines Sarges, einsteigen und die gruselige Fahrt ihres Lebens antreten sollten.

Rudi hatte seine vier jungen Gäste mit einem gruseligen Lächeln und einer noch gruseligen Stimme begrüßt, bevor er ihnen ihre Fahrtickets verkauft hatte.

Rudi wusste ganz genau, wie man seine Fahrgäste in Stimmung bringen würde. Er war ein richtiger Profi darin.

Nun war es soweit. Die vier jungen Freunde stiegen voller Freude, aber auch mit einem Hauch von Angst, in den Sargwagen hinein und die Sicherheitsstange rastete sofort danach fest ein. Als sich gerade ihr Wagen in Bewegung gesetzt hatte, hatte sich Rudi zu ihnen umgedreht und folgendes zu ihnen gesagt >>*Gebt Acht vor dem großen bösen Wolf!*<<

Währenddessen sah und klang Rudi nach wie vor sehr furchterregend aus.

Doch diesen Satz sagte er zu all seinen Fahrgästen, nachdem sie ihren Platz in ihrem Wagen eingenommen hatten. Er erzeugte dadurch nur noch mehr Angst, um dadurch seine Fahrgäste bei Laune zu halten.

Mit dem Begriff "Wolf" meinte er in Wahrheit

sich selbst. Denn sein Vorname, Rudolf, bedeutete "ruhmreicher Wolf".

Und das im wahrsten Sinne des Wortes. Denn was niemand wusste war, dass Rudolf in Wahrheit ein echter Werwolf ist.

Und seine Animatronics in seiner Geisterbahn wirkten daher so real und furchteinflößend, weil es sich bei ihnen tatsächlich um echte Leichen handelte. Das waren alles Personen, die Rudolf als ein Werwolf gejagt, getötet und in seiner Geisterbahn als Puppen aufgestellt hatte. Und die Gerüche waren keine selbsterzeugten Gerüche, sondern echter Gestank, der von den Leichen stammte. Genau so auch bei den Soundeffekten handelte es sich um die Schreie seiner Opfer, die er aufgenommen hatte, während er sie brutal in Stücke zerrissen hatte.

Und soeben hatte es Rudi der Werwolf auf vier neue und junge Opfer abgesehen, die er unbedingt in seiner Geisterbahn als Animatronics aufstellen wollte, um mit ihnen seine zukünftigen Fahrgäste zu erschrecken.

DUNKLE JULIA

In finstrer Nacht, da kam sie her,
Die dunkle Julia, geheimnisvoll und leer.
Ihr Haar so schwarz wie tiefste Nacht,
In ihren Augen flackert düstre Macht.

Ein Hauch von Kälte weht im Wind,
Wo sie erscheint, kein Licht mehr find'.
Die Schatten folgen ihrem Schritt,
In ihrer Nähe gibt es kein Entkommen, kein
Zurück.

Die alten Eichen flüstern leise,
Von Julia's Fluch, auf endloser Reise.
Kein Lachen, keine Freude, nur tiefes Leid,
In ihrer Welt gibt es keine Zeit.

Sie wandelt stumm durch Wald und Flur,
Ein Geist, gefangen in dunkler Spur.
Kein Trost, kein Morgen, kein Erwachen,
In Ewigkeit wird sie durch die Schatten wachen.

Die dunkle Julia, von Schmerz gezeichnet,
Ihr Dasein im Dunkel, von Hoffnung verweigert.
So ruht sie nicht, bis der Morgen graut,
Und selbst dann bleibt ihre Welt in Schatten
getaucht.

So hatte man die grauenvolle Dunkle Julia beschrieben, wenn man angefangen hatte Geschichten über sie zu erzählen.

Man wusste nicht genau, was genau sie war. Ein verlorener Geist einer verstorbenen Frau oder ein Dämon, der aus der finstersten Ecke der Hölle herausgekrochen kam.

Doch ganz egal wer oder was genau sie gewesen ist, eines wussten die Bewohnerinnen und Bewohner der kleinen Stadt Dahlonega in Georgia, USA, mit Sicherheit. Die Dunkle Julia war ein abgrundtief böses Wesen, das Nacht für Nacht ihr Unheil trieb.

Denn jedes Mal, wenn sie aufgetaucht war, hinterließ sie eine Spur des puren Grauens zurück. Niemand wusste nach welchem Muster beziehungsweise Motiv sie vorging und was sie dazu bewegte irgendwo aufzutauchen und sich ihre Opfer zu schnappen.

Denn die Dunkle Julia tauchte an verschiedensten Orten sowie in den verschiedensten Häusern auf und verschwand nicht ehe sie alle Personen, die sie vorgefunden hatte, brutal getötet hatte. Aufgrunddessen, dass sämtliche ihre Opfer, die sie zurückgelassen hatte, vollkommen verschrumpelt sowie vertrocknet ausgesehen hatten und nur noch Haut und Knochen waren, gingen die Bewohnerinnen und Bewohner der Stadt Dahlonega davon aus, dass sie regelrecht das Leben aus ihnen ausgesaugt hätte. Daher hatte sie auch den Beinamen, die Seelenfresserin, erhalten.

Um diesen Fall aufzuklären, hatte sich eine Gruppe selbsternannte Geisterjäger, unter der Leitung vom britischen Medium namens Bruce Lewis, auf den Weg nach Dahlonega gemacht. Das Team bestand aus einer dreiköpfigen Mannschaft und war richtig erfolgreich darin gewesen paranormale Aktivitäten aufzuklären. Nachdem Bruce und sein Team einige Personen sowie die Polizei aus der Stadt Dahlonega über die schrecklichen Vorfälle rund um die Dunkle Julia interviewt beziehungsweise befragt hatte, hatten sie sich sofort an die Arbeit gemacht. Dadurch erfuhren sie auch, wie das Wesen zu ihrem Namen gekommen war. Man hatte ihnen erzählt, dass kurz bevor der böse Geist auftauchen würde, ein Schrei, der so klingen würde, als ob eine Frau den Namen Julia rufen würde, ertönte.

Bruce brennte darauf auch diesen Fall aufzuklären und die Stadt von seiner finsteren Plage, sofern es eine geben sollte, zu befreien. Das Team stationierte sich in einem verlassenen Haus etwas außerhalb des Stadtzentrums und hatte vor die Nacht darin zu verbringen.

Sie hatten bereits alle nötigen Equipments sowie Kameras aufgestellt, um alles dokumentieren zu können.

Sie waren echte Profis darin und Bruce hatte ein

53

gutes Gefühl bei der Sache. Wenn sämtliche Aussagen der Stadtbewohner und auch die der Polize stimmen würden, würde dieser Fall ihn und das gesamte Team, im wahrsten Sinne des Wortes, über Nacht auf den Gipfel des Erfolges katapultieren.

Ganz gespannt und aufgeregt warteten sie die gesamte Nacht ab und hofften darauf, dass die Dunkle Julia, ihnen ein Besuch abstatten würde. Es vergingen Stunden um Stunden, doch bislang war ihnen weder die Dunkle Julia erschienen noch hatte sich etwas paranormales ereignet.

Das Team war bezüglich der Sache nicht mehr so ganz optimistisch gewesen, doch Bruce hatte nach wie vor ein gutes Gefühl bei der Sache und war hoch motiviert.

Es war bereits 03.30 Uhr geworden und es fehlten noch wenige Stunden bis zum Sonnenaufgang.

Das Team war schon leicht müde gewesen, doch Bruce war im Gegensatz zu dem Rest seines Teams richtig nachtaktiv, weswegen er keinerlei Anzeichen von Müdigkeit zeigte.

Und dann, als die Armbanduhr von Bruce auf 03.40 Uhr gezeigt hatte, fing es plötzlich an unheimlich zu werden.

Dieses plötzliche Ereignis machte das restliche Team ganz schnell wieder munter, sodass alle miteinander völlig konzentriert abwarteten, was nun als nächstes geschehen würde.

Nachdem sich wie verrückt sämtliche Türen im gesamten Haus auf- und zudonnerten und es plötzlich windig und kalt geworden war, hörte jeder einzelne von ihnen, zur selben Zeit, ein furchteinflößendes Stöhnen gefolgt von einem entsetzlichen Schrei einer Frau. Der Schrei hörte sich in der Tat so an, als würde das Geisterwesen den Namen Julia aussprechen.

Das gesamte Team versuchte professionell zu bleiben und die Ruhe zu bewahren. Bruce wartete ganz gespannt darauf, dass sich das böse Wesen, das man als die Dunkle Julia und auch als die Seelenfresserin bezeichnete, ihm und seinem Team zeigen würde.

Schon nach nur wenigen Minuten war es dann schließlich so weit.

Die Dunkle Julia tauchte vor ihnen auf und schwebte Geisterhaft meterhoch über den klirrenden Fußboden.

Sie war pechschwarz, sodass man kaum eine Kontur an ihr erkennen konnte. Nur ihre feuergelb leuchtenden Augen waren klar und deutlich zu sehen gewesen. Ihre Haare bewegten sich so in der Luft, als würde sie sich unter Wasser befinden.

Sie hatte etwas pechschwarzes an, das wie ein Frauenkleid zu sein schien durch die ihre knochendürren und langen Arme mit sehr langen und spitzen Fingern herunter baumelten. Die

Dunkle Julia war die personifizierte Form eines puren Schattens.

Bruce und sein Team beobachteten und bewunderten sie mit großem Erstaunen.

Doch die Dunkle Julia würde sich nicht ewig zur Schau stellen lassen. Nahezu wie ein Blitz flog sie hin und her und schnappte sich ein Opfer nach dem anderen.

Es dauerte keine fünf Minuten und die Dunkle Julia hatte die Seelen vom gesamten Team, bis auf Bruce, ausgesogen und deren Körper wie eine leere zerknüllte Safttüte liegen gelassen.

Als Bruce zu entkommen versuchte, schnappte die Dunkle Julia am Ende auch ihn und fraß seine Seele ebenfalls auf, um ihn dann schließlich hinterher mit Haut und Knochen zurückzulassen.

MEDUSA

Eigentlich wirkte der Geschichtsprofessor
Lysandros Makris, der bereits über viele Jahre an
der Ionischen Universität in Griechenland als
Dozent unterrichtete, ganz harmlos.
Doch so liebevoll, freundlich und bescheiden er
auch nach außen wirkte, so hatte er doch eine
sehr boshafte Seite in sich.
Lysandros Makris war besessen von der
griechischen Mythologie gewesen.
Schon bereits in seinen Teenager Jahren hatte er
sich dafür interessiert und alles mögliche darüber
recherchiert und gesammelt.
Doch seine größte Begeisterung, seine größte
Interesse galt schon immer der schönen und
faszinierenden Medusa.
Eine weibliche Kreatur mit Schlangenhaaren,
dessen Anblick jeden zu Stein erstarren lassen
konnte.
Lysandros hatte über viele Jahre alles mögliche
über Medusa gesammelt. Er besaß viele seltene
Werke über sie, die zum Teil ein Vermögen an
Wert hatten. Das meiste hatte er aus dem
Ausland bestellt und manch anderes hatte er
während seiner Kurzreisen organisiert.
Doch ganz egal wieviel er bereits über Medusa

auch gesammelt hatte, es war nie genug für Lysandros gewesen.

Er wollte noch viel mehr. Er wollte etwas anderes. Denn seine gesamte Sammlung konnte ihn einfach nicht zufriedenstellen. Lysandros war sich schon immer bewusst gewesen, dass in seiner Sammlung noch etwas fehlen würde. Etwas großartiges. Etwas faszinierendes. Etwas, das kein Mensch je zuvor besessen hatte und möglicherweise auch niemals besitzen wird. Und genau an diesem Punkt trat seine dunkle und wahnsinnige Seite hervor.

Denn Lysandros wusste ganz genau was ihm in seiner großen Medusasammlung noch fehlen würde. Das letzte Stück, das seine große Sammlung verwollständigen würde.

Das größte Juwel seines wertvollen Schatzes.

Und zwar der Kopf von Medusa.

Doch Lysandros wusste, dass es unmöglich gewesen war, an den richtigen Kopf von Medusa heranzukommen und ihn zu besitzen. Also hatte er sich in den Kopf gesetzt sich seinen ganz eigenen, persönlichen Medusakopf zu kreieren.

Und alles was er dafür nötig hatte, war eine junge und hübsche Studentin aus der Universität, an der er unterrichtete und eine ganze Box voller Schlangen.

Die Schlangen hatte Lysandros durch einige sehr gute Kontakte aus der Universität bereits besorgt und kümmerte sich auch völlig verantwortungsbewusst um sie. Es waren acht Stück Gelbgrüne Zornnatter. Diese Gattung von Schlangen gehörten nicht zu den giftigen Arten.

Auf der Suche nach seiner Medusa hatte Lysandros sich viel Zeit gelassen, da er nicht einfach irgendjemanden dafür nehmen wollte. Sie sollte etwas besonderes sein. Sie musste eine echte Griechin sein.

Vor allem jedoch war ihm die optische Schönheit beziehungsweise die Schönheit des Gesichtes für ihn wichtig.

Am liebsten hätte er gerne eine, die kahlköpfig war, doch sämtliche Studentinnen an der Universität hatten sehr gesunde und gepflegte Haare, die sie mit eleganten und schönen Frisuren stolz präsentierten.

Doch die Haare waren für Lysandros das geringste Problem. Die Medusakandidatin selbst war ihm wichtig gewesen.

Wer sollte es nur werden?

Er hielt Tage, Wochen und Monate Ausschau, um die richtige und geeignete junge Frau dafür zu finden.

Und, eines Tages, als er sich ein weiteres Mal sein Mittagsbrot aus der Kantine holen wollte, hatte er sie gesehen. Die perfekte Kandidatin.

Das Gesicht oder besser gesagt der Kopf, der später sein Zimmer als Medusa ausschmücken sollte.

Es handelte sich um eine junge Studentin mit

honigbraunen und glänzenden Haaren, die ursprünglich aus Athen zum studieren gekommen war.

Für Lykandros war sie die perfekte Kandidatin gewesen. Hübsch und attraktiv. Ein makelloses Gesicht. Genau das Gesicht, wonach er seit geraumer Zeit gesucht hatte.

Jetzt musste er nur noch den Kontakt zu ihr aufbauen und der Rest würde danach schon einfach werden.

Seine Versuche die junge Studentin für seine Vorlesungen zu begeistern waren zu seinem Bedauern vergebens.

Sie hatte keinerlei Interesse an der griechischen Geschichte.

Doch Lysandros war keiner, der einfach so aufgeben würde. Wenn er etwas haben wollte, dann krallte er sich so sehr daran fest bis er es auch schließlich hatte.

Er versuchte es mit täglichen Smalltalks, doch auch da schaffte er es einfach nicht einen sicheren Kontakt zu ihr aufzubauen.

Schließlich, da jede seiner Versuche gescheitert waren, sprang Lysandros gleich auf den nächsten Schritt über.

Er hatte die junge Studentin entführt und zu sich nach Hause gebracht.

Hierfür hatte er ebenfalls seinen Zugang zu den Universitätslaboren genutzt und sich das richtige Mittel besorgt, um jemanden ohnmächtig werden zu lassen.

Als die junge Studentin zu sich gekommen war, bemerkte sie, dass sie an ein Holzstuhl festgebunden war und sich kaum bewegen konnte. Ihr mund war mit einem Klebeband abgelebt, sodass es für sie unmöglich gewesen war um Hilfe zu schreien.

Sie bekam ganz große und verängstigte Augen, als sie den Geschichtsprofessor vor sich stehen gesehen hatte.

Lysandros hatte ihr von Anfang bis Ende alles erzählt und ihr den Grund der Entführung genannt.

Die junge Studentin erstarrte vor Angst und vor dem was Lysandros mit ihr vorgehabt hatte.

Doch ihre Schreie und ihre Tränen waren hilflos dagegen gewesen, als Lysandros sein Rasierapparat geholt und angefangen hatte ihr die schönen Haare vom Kopf abzurasieren.

Nach nur wenigen Minuten war die hübsche Studentin kahlköpfig gewesen. Der Anblick ihrer schönen Haare, die am Boden herumlagen, erfüllte sie mit noch mehr Trauer, sodass sie noch mehr schluchzte und weinte.

Danach schob Lysandros sein Terrarium mit den acht Schlangen darin hervor und tötete jeden einzelnen von ihnen direkt vor den verschreckten Augen der jungen Studentin. Mit einem Messer halbierte er die acht Schlangen nacheinander. Und mit genau demselben Messer näherte er sich langsam zu der Studentin und stach ihr damit direkt mitten in die Brust hinein.

Sie war auf der Stelle gestorben.

Nachdem er ihren Tod festgestellt hatte, hatte er ihr die Seile abgenommen und sie anschließend enthauptet.

Schließlich hatte er die acht halben Schlangen, jeweils vier auf der linken und vier auf der rechten Kopfseite angenäht.

Zum Schluss hatte er den gesamten Kopf mitsamt den toten Schlangenhälften, die er vorher noch mit Schienen ausgestopft hatte, sodass sie von alleine stehen und den Eindruck erwecken konnten, als wären sie noch lebendig, einbalsamiert und in einer Glasbox, die er bereits zuvor organisiert hatte, ausgestellt.

Jetzt war die Medusasammlung von Lysandros endlich komplett und perfekt gewesen.

DER BAUM

Eine Gruppe russischer Abenteurer hatte
beschlossen den beliebten und wunderbaren
Primorye Wald im Südosten Russlands zu
besuchen.

Die Gruppe bestand aus fünf naturliebenden
Menschen, die bereits viele Wälder und Orte
besucht hatten, die sagenhaftes zu bieten hatten.
Sie waren abenteuerlustige Menschen, die gerne
viel Zeit in der Natur verbrachten und oftmals
auch zum Campen hinausfuhren.

Für ihr aktuelles Ziel hatten sie sich für ein
Waldgebiet in ihrer Heimat entschieden. Nicht
nur, weil dort Tiger, Bären und Leoparden
koexistierten, sondern vielmehr wegen
Geschichten, die man über diesen Wald erzählt
hatte.

Vor einiger Zeit hatte der Wald sich nähmlich
einen gruseligen und mysteriösen Ruf verschafft.
Menschen, die den Wald besuchten, sollen nie
wieder zurückgekehrt sein.

Da sich die Fälle der vermissten Personen immer
mehr anhäuften, riet selbst die Polizei davon ab,
dem Wald ein Besuch abzustatten, doch
verbieten konnte sie ein Besuch nicht. Dies
wiederum erweckte bei gewissen Abenteurern

umso mehr Interesse daran den sagenumwobenen Primory Wald zu besuchen. Dazu gehörte auch das fünfköpfige Team, die es unbedingt darauf abgesehen hatten, ob die Gerüchte und Geschichten, die man über den Primory Wald erzählt hatte, wahr waren.

Sie wollten es unbedingt auf die eigene Faust herausfinden und waren mit all ihrem Gepäck losgefahren.

Weder die Polizei noch die Experten der Suchtruppe hatten weder die vermissten Personen selbst, noch irgendwelche Spuren entdeckt, die zu ihrem Verschwinden geführt haben könnte.

Sie gingen davon aus, dass sie alle zum Opfer der wilden Tiere gefallen waren, die in diesem Wald ihr Zuhause hatten. Möglicherweise hatten sie sich deren Territorium zu sehr genähert oder hatten einfach nicht aufgepasst und wurden überraschend angegriffen. Man konnte es nicht genau sagen. Vor allem deswegen nicht, weil man absolut nichts, weder eine Tasche sonst noch ein Kleidungsstück oder etwas anderes, das zu ihrem Eigentum gehört hatte, entdeckt hatte.

Sie waren allesamt wie vom Erdboden verschluckt gewesen. Sowohl die Polizei als auch sonstige Experten waren alle ratlos gewesen, weswegen sie für die potenziellen Besucher nicht mehr konnten, als sie mit strengen Hinweisen zu warnen.

Doch da es keinerlei verboten gewesen war, den

Wald, selbstverständlich auf eigene Gefahr, zu betreten, nutzte das Team diese Gelegenheit aus. Keiner von ihnen wusste, was genau sie dort erwarten würde, aber eines wussten sie ganz genau. Es würde ein richtig spannendes Abenteuer für jeden einzelnen von ihnen werden. Schon bei ihrer Ankuft waren sie über die zahlreichen Pflanzen, die der Primory Wald zu bieten hatte, überwältigt gewesen. Wenn der Wald bereits von Außen so wunderschön gewesen war, wie würde er dann wohl erst von Innen aussehen, dachten sie sich alle.

Um das herauszufinden verloren sie keine einzige Sekunde und marschierten voller Begeisterung noch viel tiefer in den Wald hinein.

Zu ihrem Glück waren sie bislang keinem Bären oder einem Tiger begegnet.

Der Wald wirkte sehr ruhig, sodass man sich darin sehr wohl und friedlich fühlen konnte.

Sie machten jede Menge Fotos von dem Wald, um all die Schönheit, die er zu bieten hatte, für immer festzuhalten.

Es war für alle im Team einfach unbegreiflich gewesen, dass man schreckliche Geschichten über einen solch schönen Wald erzählt hatte. So unheimlich wirkte der Primory Wald gar nicht.

Das Team ging immer tiefer und tiefer in den Wald hinein bis sie schließlich an einer Stelle angekommen waren, an der ein seltsam ausehender Baum gestanden hatte.

Dieser Baum sah einzigartig und zugleich sehr ungewöhnlich aus. Er ragte etwa fünzehn Meter in die Höhe und war ungefähr drei Meter breit gewesen.

Er hatte einen sehr dunklen Braunton und wirkte sehr gesund, obwohl er kein einziges Blatt auf seinen starken und dicken Ästen gehabt hatte. Sämtliche andere Bäume im Wald jedoch, hatten alle unzählige Blätter auf ihren Ästen gehabt. Dieser besondere Baum musste etwas einzigartiges sein. Ein Naturphänomen von dem niemand je etwas berichtet hatte. Wie konnte die Regierung den Menschen verschweigen, dass in dem Primory Wald ein solch schöner Baum gestanden hatte?

Während das Team viele Fotos von dem besonderen Baum gemacht hatte, dachte es zugleich, dass sie womöglich noch weitere faszinierende Entdeckunden machen würden, wenn sie den Wald noch mehr erforschen würden. Einer vom Team hatte sich direkt vor dem Baum hingestellt, sodass ein anderer von ihm ein Foto machen konnte.

Kurz, nachdem das Blitzlich gefallen war, spürte das Team wie der Waldboden, rund um den Baum, zu zittern angefangen hatte. Es wirkte nahezu wie ein Erdbeben, der sie alle in Panik versetzt hatte.

Noch bevor sie begreifen konnten, was genau vor sich ging, raste eines der Äste des Baumes im

Sturzflug auf einen der Abenteurer zu und durchbohrte ihm die Brust.

Nur wenige Sekunden später bewegten sich noch weitere Äste des Baumes auf die restlichen Personen im Team zu und durchbohrten sie ebenfalls wie ein Spieß.

Der Baum zog die Äste mit dem gesamten durchbohrten Team zu seinem Zentrum heran und verschlang einen nach dem anderen. Es war vielmehr ein absorbieren, als ein richtiges verschlingen gewesen. Denn das Zentrum des Baumes war zähflüssig geworden, während er seine Beute einen nach dem anderen in sich verschwinden ließ.

Es wirkte von Außen betrachten, wie eine Art Treibsand, in der die Opfer langsam aber sicher hineinsanken.

Sobald der Baum seine gesamte Beute verschlungen hatte, nahm es wieder eine feste Form an und stand wieder vollkommen still, während er darauf wartete bis seine nächsten Opfer kamen.

DIE BABYFABRIK

In der chinesischen Provinz Fujan, tief in einem Berg, befand sich ein geheimes Labor, in der einige ausgewählte chinesische Wissenschaftler viele verschiedene, meist illegale, Experimente durchführten. Oft handelte es sich dabei um Experimente, die bösen Machenschaften dienen sollten.

Zu einem ihrer erfolgreichen Experimente gehörte die sogenannte Babyfabrik.

Sie wurde allein zu dem einzigen Zweck errichtet, in der meist obdachlose junge Frauen, aber auch Frauen aus Kriegsgebieten sowie auch Opfer, die durch große Naturkatastrophen ihr Zuhause und oftmals auch ihre Familie verloren hatten, verschleppt beziehungsweise entführt worden, damit sie regelmäßig Säuglinge zur Welt bringen konnten.

Den entführten Frauen war jegliche Kontaktherstellung nach Außen ohne Ausnahmen untersagt. Sie wurden rund um die Uhr durch spezielle Sicherheitskräfte sowie auch Überwachungskameras beobachtet.

Falls irgendeine unter ihnen den Versuch wagen sollte auszubrechen, wurde gnadenlos mit dem Tod bestraft.

Sie bekamen gerademal genug zu essen, sodass sie nicht verhungern mussten.

Jedenfalls wurden sämtliche dieser Frauen künstlich befruchtet und dadurch ständig geschwängert.

Doch die Kinder, die sie in diesem schrecklichen Labor zur Welt brachten, wurden ihnen nach der Geburt sofort entnommen, sodass sie sie niemals sehen konnten.

Die neugeborenen beziehungsweise die Säuglinge wurden nämlich sofort zur nächsten Station des Labors gebracht, wo man ihnen, mittels speziell entwickelten Maschinen und Geräten, so viel Blut aus dem Körper entnommen hatte bis sie schließlich gestorben waren.

Für diese Baby's war somit keine Zukunft vorherbestimmt gewesen. Sie dienten nur als Blutspender, mit deren Blut die Wissenschaftler des teulischen Labors ein Mittel herstellten für das die reichen und mächtigen auf der gesamten Welt viel Geld bezahlten.

Denn das so begehrte Produkt, das auf diese teuflische Art und Weise hergestellt wurde, verlangsamte bei dessen Konsumenten die Alterung. Sie blieben dadurch jahrelang jung und sahen stets fit und gesund aus. Ihre Haare blieben gesund und kräftig und wurden viel langsamer als auf die natürliche Art weiß. Ihre Haut blieb stets glänzend und geschmeidig und wies keinerlei Anzeichen weder von Trockenheit noch von Falten auf. Siebzigjährige sahen aus wie Anfang Vierzig. Ihre Lebenserwartung konnte dadurch um Jahre verlängert und ihre Vitalität beziehungsweise Gesundheit konnte viel länger erhalten werden. Sie waren teilweise fitter als viele jüngere, die aktiv Sport betrieben und auf ihre Gesundheit achteten.

Das Produkt, das großteils aus dem Blut der Neugeborenen hergestellt wurde, war eine Art Zaubermittel gewesen. Unter den Reichen und Mächtigen war es mit Abstand das begehrteste Produkt gewesen. Und sie wollten immer mehr. Sie wurden gieriger und gieriger, sodass das Labor kaum mithalten konnte.

Es wurden von Zeit zur Zeit sogar Wartelisten erstellt, weil das Labor mit der Produktion des "Zaubermittels" nicht hinterher kam.

Es gehörte zu den größten Goldgruben der Welt und das Labor konnte sich durch den ständigen Verkauf weiterentwickeln und viele weitere, neue boshafte Experimente starten.

THE GREYS – DIE GRAUEN

Schon seit Anbeginn der Zeit, spekulieren sämtliche Wissenschaftsexperten darüber, woher der Mensch tatsächlich gekommen ist.

Die verschiedenen Meinungen und Theorien, die sie darüber haben, haben sie in viele Gruppen aufgeteilt.

Wie zum Beispiel den religiösen, die behaupten, dass Gott die Menschen erschuf und die Theoretischen Pysiker, die der Meinung sind, dass Menschen von Affen abstammen würden beziehungsweise sich im Folge der Evolution aus ihnen entwickelt hätten.

Tatsächlich jedoch, hatten beide Gruppen teilweise recht über ihre eigenen Theorien.

Denn der Mensch wurde tatsächlich von einem einzigen Gott erschaffen und eben dieser Gott hat ebenso die Tiere, die Natur, aber auch viele andere Zivilisationen erschaffen, die weit verbreitet in der gesamten Galaxie beziehungsweise im gesamten Universum ihr Zuhause haben.

Diese Schöpfungen werden von den Menschen als Außerirdische oder als Aliens bezeichnet.

Zu ihnen gehören auch die sogenannten Greys, die Grauen.

Die Greys gehören zu einer sehr böswilligen

Lebensform an, die bereits seit Jahrhunderten versuchen, die Menschen auf der Erde zu versklaven beziehungsweise für ihre Zwecke zu misshandeln.

Denn für die Greys galt die Menschheit, schon seit sie die Erde entdeckt hatten, als eine schwache und dumme Spezies im gesamten Universum, die sie sehr leicht manipulieren und kontrollieren könnten.

Mit ihrer hohen Intelligenz und ihren technologisch fortgeschrittenen Waffen waren sie den Menschen durchaus überlegen, weswegen sie sie umgehend unter ihre Kontrolle bringen und somit die Erde für sich beanspruchen wollten.

Doch die ersten Menschen von damals, waren schlauer und stärker, als die Greys zunächst angenommen hatten.

Denn die Menschen hatten sehr schnell die bösen Absichten der Greys erkannt und hatten sich gemeinsam, mit vereinten Kräften, gegen sie gewandt. Sie leisteten enormen Widerstand gegenüber den verwunderten Greys und kämpften bis zum Schluss gegen sie. Sie wollten weder aufhören noch aufgeben. Sie wollten um jeden Preis, sowohl sich als auch ihren Planeten vor der feindlichen Bedrohung beschützen. Koste es, was es wolle.

Der hartnäckige Wiederstand der Menschen wurde den Greys schließlich zu viel, weswegen sie sich am Ende zurückgezogen hatten.

Doch so ganz hatten sie die Erde nicht aufgegeben.

Denn während ihres gesamten Aufenthaltes auf der Erde, machten die Greys unter anderem auch die Bekanntschaft mit den Affen. Vor allem die Gattung der Schimpansen hatte sie sehr interessiert.

Und, weil sie nach wie vor die Menschen für ihre Zwecke kontrollieren wollten, ihren Plan jedoch mit den richtigen Menschen nicht ausführen konnten, waren sie zu dem Entschluss gekommen, die Schimpansen dafür zu nehmen.

Doch die Primaten in ihrer natürlichen Form waren nicht besonders hilfreich für die Greys gewesen, weswegen sie schlussendlich auf die Idee gekommen waren, die menschliche DNA mit dem der Schimpansen zu verschmelzen und dadurch ihre eigene menschliche Spezies zu züchten.

Hierfür hatten die Greys angefangen sowohl einige Schimpansen, als auch Menschen zu entführen, um an den beiden herumexperimentieren zu können.

Nach vielen Versuchen und gescheiterten Experimenten, gelang den Greys schließlich der Erfolg.

Sie hatten es geschafft, die menschliche DNA mit dem der Schimpansen zu verschmelzen. Die ersten Menschen, Hybride, waren geboren.

Die durch die Greys gezüchteten Menschen,

wiesen keinerlei Unterschiede zu den ersten richtigen Menschen auf, weswegen sie diese unbemerkt unter das Volk der Menschen mischen und dafür sorgen konnten, sich untereinander zu paaren.

So vergingen Jahre um Jahre und die ersten Menschen wurden immer weniger, während die "neuen Menschen", die Welt immer mehr bevölkerten.

Als Hybride waren die Menschen viel leichter zu kontrollieren und zu manipulieren gewesen, weswegen die Greys am Ende ihre bösen Pläne dennoch ausführen konnten.

Noch heute entführen die Greys Menschen, um an ihnen weitere Experimente durchzuführen.

Und vielleicht arbeiten sie bereits an ihrem nächsten großen Hybridexperimenten, das sie Mittels Mensch und Tier erreichen möchten.

EINE VERLOCKENDE STIMME

Isabell lebte in Denver, der Hauptstadt von
Colorado, und war gerade erst neunzehn
geworden.

Zu ihrem kürzlich vergangenen Geburtstag, hatte
sie von einer guten Freundin namens Chantal ein
Kopfhörer bekommen, den sie laut ihrer eigenen
Aussage aus dem Internet bestellt hatte.

Seither hatte sie ihre alten Kopfhörer beiseite
gelegt und verwendete nur noch die neuen. Sie
waren viel bequemer zu Tragen gewesen, weil sie,
im Gegensatz zu ihren älteren, eine Bluetooth
Funktion und auch eine Freisprechanlage hatten.
Zudem ertönte die Musik, die sie so gerne hörte,
viel klarer und lauter. Isabell liebte ihre neuen
und modernen Kopfhörer sehr, sodass sie nur
noch mehr Musik hörte, als vorher.

Sie nahm sie kaum ab und trug sie ständig an
ihren Ohren.

Sie hatte sie beim Telefonieren an, beim Lernen,
beim Essen und auch im Bett bis sie
eingeschlafen war.

Sie konnte sie einfach nicht ablegen.

Eines Tages, als Isabell alleine Zuhause war und
durch die Kopfhörer eins ihrer Lieblingshits hörte,
wurde die Musik plötzlich abgebrochen, sodass
sie darüber verwundert gewesen war. Zunächst

dachte sie an eine Störung der Verbindungen zwischen den Kopfhörern und ihrem Smartphone, aber schon bald hatte sie herausgefunden, dass die Verbindung keinerlei Störungen aufgewiesen hatte.

Während Isabell weiterhin am Rätseln war, nahm sie ein kurzes, jedoch ein verstörendes Geräusch wahr, die direkt von den Kopfhörern durch ihre Ohren ihr Gehirn beeinflusst hatten.

Und plötzlich konnte Isabell nur noch eine fremde, jedoch überaus angenehme weibliche Stimme hören, die immer wieder folgendes zu ihr sagte >>*Folge meiner Stimme! Mach das, was ich dir sage!*<<

Diese zwei Sätze hörte Isabell sehr oft hintereinander und ohne jegliche Pausen dazwischen mindestens eine halbe Stunde lang.

Schließlich war Isabell wie hypnotisiert gewesen, sodass sie die Beherrschung über ihr eigenes Bewusstsein verloren hatte.

Sie folgte nur noch den Anweisungen, die die seltsame fremde Stimme über die Kopfhörer ihr vorgegeben hatte.

Irgendwann fing die Stimme an folgendes zu sagen >>*Komm zum Denver Flughafen! Komm zum Denver Flughafen!*<<

Diesen Satz wiederholte die Stimme bis Isabell, die unter dem Einfluss der seltsamen Stimme lag, den Danver Flughafen erreicht hatte. Erst dann gab die Stimme weitere Anweisungen auf, die

Isabell, ohne zu zögern, befolgt hatte. Unter anderem gab die Stimme ihr an, dass sie viel weiter im Flughafen voran gehen sollte. Bis sie schließlich vor einer bestimmten Tür zum Stehen gekommen war. Von da an sagte die Stimme ihr weiter, dass Isabell die Tür aufmachen und hindurch gehen soll. Danach soll sie den Aufzug am Ende des Ganges nehmen und bis ganz nach unten, zur untersten Etage, fahren.
Die Fahrt bis ganz hinunter dauerte etwa eine halbe Stunde.
Nachdem sich die Türen des Aufzugs geöffnet hatten, fand sich Isabell an einem Ort wieder, der wie eine Art hochmodern ausgestattete Höhle ausgesehen hatte.
Viele ihr unbekannten Maschinen und hochentwickelte Technologie befanden sich nur einige Meter unterhalb des Denver Flughafens. Immer noch wie hypnotisiert, befolgte Isabell weitere Anweisungen der selben Stimme und tat genau das, was von ihr verlangt wurde.
Schließlich sollte Isabell stehenbleiben und auf gewisse Personen warten, die sie empfangen würden.
Die Kopfhörer hatte sie dabei immer noch an ihren Ohren.
Es vergingen etwa zwei Minuten und zwei fremdartige und großgewachsene Wesen kamen zu ihr. Einer der Wesen legte Isabell eine Art moderne Handschellen an, während das andere

ihr die Kopfhörer vom Kopf genommen hatte. Erst in diesem Moment war Isabell wieder zu sich gekommen und war schokiert darüber gewesen, wo sie sich befunden hatte. Doch ihr Schockzustand hatte sich rasant in die Höhe getrieben, als ihr klar geworden war, dass sie von zwei großen und echsenartigen Kreaturen verschleppt wurde.

DIE LEDERMANUFAKTUR

Lamduan Suwan war eine überaus erfolgreiche Unternehmerin in der Textilbranche, die ihren Sitz in der thailändischen Hauptstadt Bangkok hatte.

Ihr Fachbereich war die Produktion von Lederwaren, die sie weltweit verkaufte und sie, aufgrund der großartigen Verabeitung, sehr schnell beliebt gemacht hatte.

Man kannte sie und ihr Unternehmen auf der gesamten Welt und immer noch wurde sie auf den Covern einiger bekannter Magazinen abgebildet.

Die meisten Verkäufe machte sie über den Onlinevertrieb, da das Interesse großteils außerhalb Thailands stammte.

Lamduan betrieb ihr Unternehmen mittlerweile seit acht Jahren und beschäftigte ein Personal an mehr als einhundert Personen in ihrer Ledermanufaktur.

Und jedes einzelne ihres Personals war bestens über das erfolgreiche Geschäftskonzept, das Lamduan entwickelt hatte, informiert gewesen.

Doch niemand durfte auch nur ein einziges Wort darüber verlieren und es der Außenwelt verraten.

Sie mussten sogar eine Verschwiegenheitserklärung unterzeichnen,

bevor sie als Angestellte zu arbeiten beginnen
durften.

Und auch nach ihrer Kündigung beziehungsweise
Entlassung waren sie dazu verpflichtet gewesen
zu schweigen. Andernfalls würde Lamduan
schon dafür sorgen, dass sie schwiegen.

Denn Lamduan's lukratives Ledergeschäft
basierte nicht auf Produktion vom Leder
tierischen Ursprungs, sondern auf das Leder
menschlichen Ursprungs.

Sie betrieb also auf eine äußerst illegale Art und
Weise ein Unternehmen, das aus der Haut von
Menschen verschiedene Lederprodukte herstellte.

Die Polizei in Thailand wusste bereits von
Lamduan's Verbrechen, jedoch war sie korrupt
und ließ sich eine schöne Summe von ihr für das
Schweigen bezahlen.

So konnte Lamduan ungehindert ihr dämonisches
Unternehmen weiterführen.

Die Menschen, deren Haut sie zu Lederprodukten
wie Gürtel, Schuhe, Mäntel, Taschen,
Accessoires und sonstiges verarbeitete, holte sie
sich von der Straße. Es handelte sich bei ihnen
um Menschen, die niemand vermissen würde.

Hin und wieder gerieten auch Personen hinein,
die das Konzept ihres teuflischen Unternehmens
durchschaut hatten.

Und diese Erkenntnis wurde ihnen schlussendlich
zum Verhängnis. Niemand, der auch nur ein
wenig Verstand besaß, sollte sich mit Lamduan

Suwan anlegen.
Andernfalls würde man sehr schnell zu einer Geldbörse verarbeitet werden.
Doch der Rest der Welt wusste nichts von all dem und benützte die Lederwaren im Glauben, es würde sich um tierisches Leder handeln, sowie es auf der Website angegeben worden war.
Und die Verabeitung beziehungsweise der letzte Schliff war so fein und professionell gewesen, dass man absolut kein Unterschied davon merken würde, ob es sich nun dabei um tierisches Leder handeln würde oder nicht.
Für das Geschäft von Lamduan war nur der Haut ihrer Opfer wichtig gewesen. Den gesamten Rest des Körpers, der Menschen, die sie in der Ledermanufaktur umgebracht hatten, übergab Lamduan einem ihrer Kooperationspartner im Menschen- und Organhandel. Diese wiederum brachten ihr ebenfalls die Häute von ihren Opfern, die sie zuvor entführt und wegen ihrer wertvollen Organe getötet hatten. Es war somit eine Art Tauschgeschäft gewesen, wovon beide Sektoren sehr gut profitieren konnten.
Und das beste für Lamduan war, dass sie dabei alle möglichen Menschen, ob Erwachsene oder Kinder, ob Einheimische oder Touristen, dafür nehmen konnte.
So konnte sie weiterhin eine erfolgreiche Unternehmerin bleiben, die sie war und ihr Geschäft weiter vorantreiben.

Und vielleicht würde sie ihren Ehemann aus ihrer
zweiten Ehe nicht töten und dessen Haut in ein
Mantel und ein paar Schuhe verarbeiten, wie sie
es zuvor mit ihrem ersten Ehemann getan hatte,
weil dieser sich von ihr scheiden lassen wollte,
nachdem er hinter das teuflische
Erfolgsgeheimnis ihres Unternehmens
gekommen war.

YABANIK

Der Yabanik war eine dämonische Kreatur, der immer nachts bei alleinstehenden Frauen erschien.

Er war ein kleingewachsenes und menschenähnliches Wesen, das keine Augenlider hatte, weswegen seine Augen wie herausgequollen aussahen. Er hatte einen leichten Bauchansatz und sehr dünnes Haar. Er wanderte immer nackt herum und war immer stumm. Sein ständig breites Lächeln wirkte so, als wäre es so in sein Gesicht eingemeiselt gewesen.

Jedes Mal, wenn eine Frau ohne einen Partner ins Bett ging und sich einsam fühlte, kam Yabanik zu ihr ins Zimmer, um ihr Gesellschaft zu leisten. Er sorgte dafür, dass einsame Frauen nicht alleine schlafen mussten.

Doch dies tat er ohne, dass all diese Frauen etwas davon wussten.

Denn sobald sich eine Frau sehr einsam fühlte und deswegen sehr traurig war, strahlte sie dadurch eine gewisse Energie von sich aus, die Yabanik zu sich lockte.

Und sobald sie tief und fest eingeschlafen war, machte sich Yabanik auch schon an die Arbeit. Er zeigte sich immer dadurch zu erkennen, dass in der Wohnung der einsamen und alleinstehenden Frauen ganz plötzlich, wie von Geisterhand, ein Licht sich aufdrehte oder gewisse Geräte wie ein Ventilator oder der Fernsehapparat sich einschalteten. Manchmal ging auch ganz plötzlich die Dusche an oder der Fön schaltete sich ein.

Doch die Frauen dachten sich nichts dabei, als sie aufgestanden waren, um das Gerät, das sich eingeschaltet hatte wieder abzuschalten. Denn genau das wollte Yabanik dadurch erreichen. Der Yabanik lockte dadurch all die Frauen aus ihren Betten heraus, um sich hineinzulegen, bevor sie wieder zurückkamen.

Für die Frauen war er all die Zeit über unsichtbar gewesen, doch in ihrem Unterbewusstsein konnte jede einzelne von ihnen eine gewisse Wärme spüren, die ihnen gut tat und, die dafür sorgte, dass sie sich plötzlich nicht mehr alleine fühlten und dadurch viel besser schlafen konnten.

Ohne, dass sie es wussten, teilten sie auf diese Weise fast jede Nacht, das Bett mit der Kreatur namens Yabanik, der sie alle dabei, ohne es ihnen anmerken zu lassen, ganz fest umarmte.

Kurz vor Sonnenaufgang verschwand er, noch während er sich im Bett befand, indem er sich in Luft auflöste.

DER EIERLEGER

Nach einem weiteren sehr anstrengenden Tag, legte sich der junge Koch Jonas Bucher ganz erschöpft in sein warmes Bett in seiner Singlewohnung und schlief sofort fest und tief ein.

Er arbeitete bereits seit vier Jahren für ein hochangesehenes Restaurant in der Schweiz und war ein sehr erfolgreicher sowie ein beliebter Koch.

Es war zwar nicht einfach gewesen jeden Tag für mehrere hundert Personen zu kochen, aber es machte Jonas viel Spaß jedem einzelnen von ihnen seine Kreationen an köstlichen Gerichten zu präsentieren. Ganz besonders dann, wenn man ihm dafür sehr viel Lob ausgesprochen hatte.

Jonas Bucher hatte also noch eine sehr leuchtende Zukunft vor sich. Sein Ziel war es, eines Tages selbst ein Restaurant zu besitzen und zu leiten. Doch bis dahin musste sich Jonas noch einige Jahre mehr gedulden.

Jedenfalls wollte er sich erst einmal ordentlich ausruhen und den Arbeitsstress hinter sich lassen.

Es war bereits 02.00 Uhr in der Nacht gewesen, als ein seltsam schimmerndes Licht in weiß-blauen Tönen sein Zimmer erhellte.

Doch Jonas bemerkte davon nichts, weil er bereits tief und fest eingeschlafen war. Er schlief so fest, dass nicht einmal der Knall einer Kanone ihn aufwecken könnte.

Seine Arbeit an jenem Tag muss sehr anstrengend gewesen sein, sodass er wie ein Stein schlief.

Das seltsame Licht leuchtete noch immer, als sich daraus ein Wesen bemerkbar gemacht und sich zum Bett von Jonas zubewegt hatte.

Es war eine große und leicht schleimige Kreatur mit einem langen Rüssel im Gesicht gewesen, dessen schuppige Haut grün und rosa schimmerte. Er stellte sich direkt neben das Bett von Jonas auf die Kopfseite und streckte sein Rüssel nach ihm aus.

Jonas lag auf seinem Rücken, als das Wesen, das außerirdischen Ursprungs sein musste, mit seinem Rüssel eines der Ohren von Jonas bedeckt hatte.

Kurz darauf durchwanderte eine Art kleines Ei sein Rüssel, das er direkt durch Jonas' Ohr in dessen Gehirn einpflanzte.

Sowie das Wesen das außerirdische Ei an dem für ihn bestimmten Platz abgelegt hatte, verschwand es wieder durch das weiß-blau schimmernde Licht genau so wie es daraus gekommen war.

Jonas, der von den seltsamen Geschenissen von letzter Nacht absolut nichts mitbekommen hatte, empfand, als er am nächsten Morgen aufgewacht war, für einen kurzen Moment ein kleines Stechen in seinem linken Ohr. Doch der Schmerz legte sich nach einigen Sekunden sofort wieder, sodass sich Jonas auf einen neuen Arbeitstag vorbereiten konnte.

Nachdem WC stieg Jonas unter die Dusche und bereitete sich anschließend ein leichtes Frühstück zu, bevor er sich auf den Weg zu seinem Arbeitsplatz gemacht hatte.

Bereits auf dem Weg ins Restaurant wurde Jonas ein wenig schwindelig, jedoch verschwanden auch die Schwindelgefühle zu seinem Glück sofort wieder.

Jonas ahnte bereits, dass dieser Morgen kein guter für ihn gewesen war.

Doch so wie Jonas nunmal war, versuchte er all diese Symptome zu ignorieren und konzentrierte sich auf seine Arbeit.

Sie rechneten erneut mit einem vollen Haus, weswegen sich Jonas sofort auf die Arbeit gestürzt und ein Gericht nach dem anderen zubereitet hatte.

Noch eine knappe Stunde war ihm verblieben bis das Restaurant den Gästen pünktlich seine Türen öffnete.

Doch ein Chefkoch wie Jonas ließ sich niemals aus der Ruhe bringen.

Schließlich geschah etwas äußerst merkwürdiges in seinem Kopf. Jonas war gerade dabei gewesen den Tagessalat vorzubereiten, als ihm erneut schwindelig wurde. Doch dieses Mal waren die Schwindelanfälle viel größer gewesen, als einige Stunden zuvor. Zudem bekam er wenige Sekunden danach große Kopfschmerzen, die ihn sofort auf den Boden geworfen hatten.

Jonas wälzte sich mit plagenden Kopfschmerzen am Küchenboden des Restaurant herum und fing an um Hilfe zu schreien.

Doch noch bevor ihm einer seiner Kollegen zur Hilfe eilen konnte, hörten die Kopfschmerzen auf der Stelle wieder auf und Jonas wurde ruhiger. Aber etwas stimmte mit seinem allgemeinen Zustand nicht. Jonas war zwar wieder aufgestanden und hatte sich beruhigt, jedoch waren seine Augen gänzlich schwarz verfärbt. Es waren weder seine blauen Augen noch die weiße Umrandung der Sklera zu erkennen gewesen. Seine Augen sahen aus wie zwei pechschwarze Kohlenstücke, die sie ersetzt hätten.

Schließlich stürmte eines der Kellner in die Küche hinein, weil er Schreie gehört hatte. Die schwarzen Augen von Jonas waren ihm sofort aufgefallen, sodass er ein wenig nervös gefragt hatte, ob mit ihm alles in Ordnung war.

Doch anstatt, dass Jonas seinem Kollegen eine Antwort gegeben hatte, stürzte er sich sofort auf ihn. Der erschrockene Kellner versuchte auszuweichen, doch Jonas war schneller gewesen. Er hatte ihn fest an seinem Hals umklammert, sodass ihm die Luftröhre zugedrückt wurde und er keine Luft mehr bekam.

Verzweifelt versuchte er sich von den Fängen seines außer Kontrolle geratenen Kollegen zu befreien, doch es war vergebens. Nach nur wenigen Minuten war er gestorben.

Jonas, der nach wie vor nicht bei sich gewesen war und wie eine Art Zombie wirkte, schnappte sich ein großes und scharfes Küchenmesser und verließ damit die Küche.

Im Essbereich des Restaurant befanden sich noch sechs weitere seiner Kellnerkolleginnen und Kellnerkollegen sowie auch der Manager, die allesamt die Tische aufdeckten, bevor die ersten Gäste kamen.

Noch bemerkten sie nichts von dem Unheil, der ihnen nur wenige Sekunden danach zustoßen sollte.

Der Manager dachte sich, dass Jonas bereits fertig in der Küche wäre und sich eventuelle eine kleine Pause gönnen wollte. Das große Messer in seiner Hand war ihm dabei nicht aufgefallen.

Mit schnellen Schritten eilte Jonas zu dem Rest seines Teams und hob dabei das scharfe Küchenmesser hoch.

Er stach damit jedes einzelne seiner Kolleginnen und Kollegen sowie auch den Manager ab. Jonas war so schnell und stark gewesen, dass niemand von seinen Opfern nicht den Hauch einer Chance gehabt hatte zu fliehen. Sie waren einfach nicht in der Lage gewesen ihn zu überwältigen und von seinem schrecklichen Tat abzuhalten. Jonas hatte sie innerhalb von zehn Minuten niedergemetzelt und sie einfach so blutend am Boden zurückgelassen, als er sich hinaus auf die Straße begeben hatte, um sich neue Opfer zu suchen. Durch den Parasiten, der in seinem Gehirn ausgeschlüpft war, hatte er die Kontrolle über sich verloren und wurde dadurch mordgierig.

ANTI-STRESS-MENSCH

Der leere Raum, in dem sich der seit drei Tagen vermisste Amal Mahapatra aus Indien befand, war ebenso stockfinster wie kalt gewesen.

Der Raum glich einem verlassenen Keller ohne Fenster oder sonstige Öffnungen. Lediglich eine von Außen verriegelte Tür war vorhanden. Doch Amal konnte sie weder aufbrechen noch aufsperren.

Seine Ehefrau hatte bereits eine Vermisstenanzeige bei der Polizei in Indien gemeldet und sie alle suchten Tag und Nacht verzweifelt nach ihm.

Ein solches Verhalten war für jemanden wie den zuverlässigen und verantwortungsbewussten Amal nicht üblich gewesen. Seine Ehefrau hatte daher den Verdacht angenommen, dass er vielleicht von einer der kriminellen Gangmitglieder, die die Dörfer und Kleinstädte in Indien seit geraumer Zeit unsicher machten, entführt gewesen sein könnte.

Denn in letzter Zeit traten Vermisstenfälle wie der von Amal immer häufiger in ganz Indien auf. Mit ihrer Annahme hatte sie nicht so ganz unrecht. Denn Amal war tatsächlich entführt worden, jedoch nicht von einer kriminellen Straßengang, sondern von einem sehr boshaften Dämon.

Eines Nachmittags, als Amal mit seinem Motorrad zum Einkaufen gefahren war, war er nicht mehr zurückgekehrt. Denn auf dem Weg zum Supermarkt, war ihm eine finstere und bösartige Gestalt erschienen, die ihn auf der Stelle entführt hatte. Mit einem kurzen Lichtblitz waren sie verschwunden, sodass allein sein Motorrad zurück geblieben war.

Seither hatte seine Ehefrau nichts von Amal gehört.

Amal, der große Schmerzen an seinem gesamten Körper verspürte, war kaum in der Lage gewesen sich zu bewegen.

Er konnte ja nicht einmal mehr ordentlich reden.

Er war am verhungern sowie dehydriert gewesen.

Noch nie zuvor in seinem ganzen Leben, hatte sich Amal so dermaßen schwach gefühlt.

Er stand schon kurz davor durchzudrehen, doch er bemühte sich, trotzt seiner misslichen Lage, ruhig und konzentriert zu bleiben. Denn Amal hatte Hoffnung auf eine Rettung.

Doch es vergingen Stunden und Tage und niemand kam Amal zur Hilfe.

Niemand wusste wo er sich befand. Nicht einmal er selbst.

Das einzige was Amal wusste war, dass der Dämon, der ihn entführt hatte, unregelmäßig den Raum betrat, in dem er sich befand und auf ihn einschlug und ihn brutal verprügelte als gäbe es kein Morgen. Gleich danach verschwand er wieder so schnell wie er gekommen war.

Bei seinem Entführer handelte es sich um den gefürchteten Dämon von dem Amal zwar schon in seiner Kindheit gehört, aber es für eine Legende beziehungsweise für ein Geistermärchen gehalten hatte.

Es war der Utpeedak. Übersetzt bedeutete sein Name "der Peiniger".

Utpeedak entführte von Zeit zur Zeit Menschen jeden Alters und Geschlechts, um sie als eine Art Prügelknaben festzuhalten und über viele Tage auf diese einzuschlagen bis er ein wenig Stress abgebaut hatte. Denn auch gewisse Dämonen konnten Stress empfinden und mussten sie auf irgendeine Art und Weise loswerden. Utpeedak machte dafür von Menschen gebrauch und benützte sie wie ein Sandsack und schlug auf sie mehrmals mit sehr harten Schlägen ein. Dies tat er bis der Mensch, den er als Anti-Stress-Mensch verwendet hatte gestorben war. Danach entsorgte er die Leichen, indem er sie verbrannte und holte sich sein nächstes Opfer auf dem er weiter sein Stress abbauen konnte.

Zur Zeit war sein aktuelles Opfer der liebevolle Ehemann Amal Mahapatra gewesen, der sich zwar sehr anstrengte, um den harten Schlägen und Tritten des Dämons standhalten zu können, aber lange würde er das nicht aushalten können. Denn spätestens nach einem weiteren Rippenbruch von der letzten Prügelaktion des

Dämons Utpeedak hatte Amal jegliche Hoffnung auf Erlösung verloren und wollte nichts lieber als zu sterben, weil er die enormen Schmerzen nicht mehr aushalten konnte.

DIE FREMDE ALTE FRAU

In der iranischen Stadt Urmia kam es immer
wieder zu Meldung von Sichtungen einer
fremden alten Frau, die es auf Kleinkinder
abgesehen haben soll.
Laut Augenzeugenberichten wurde sie oftmals an
Plätzen gesichtet, an denen sich vermehrt Kinder
aufhalten. Zu diesen Plätzen gehörten ebenso
Kinderspielplätze sowie auch Schulen.
Sie soll ein langes dunkles oder schwarzes Kleid
tragen beziehungsweise anderen Meldungen
zufolge vollverschleiert sein, langsam und
gebückt gehen. Als sichere Stütze soll sie ein
ebenfalls dunkles oder schwarzes Gehstock
haben mit dessen Hilfe sie sich fortbewegt.
Jedes Mal, sobald die fremde alte Frau in der
Nähe der Kinder aufgetaucht war, soll eines der
Kinder zusammen mit ihr auf eine unerklärliche
und mysteriöse Art und Weise verschwunden
sein.
Niemand der Augenzeugen hatte es je geschafft
die fremde alte Frau weder von der Nähe zu
beobachten noch sie zu erwischen.
Sobald sie sich ihr auf eine bestimmte
Entfernung genähert hatte, war sie sofort wieder
verschwunden.
Oft tauchte sie dann erst auf, sobald die Kinder

ohne jegliche Aufsicht gespielt oder auf eine andere Art und Weise beschäftigt waren.

Ehe die Kinder sie kommen sahen, wurden sie bereits von ihr gepackt und entführt. Niemand wusste wohin sie die Kinder hinbrachte.

Doch kurz nach den Entführungen der Kinder machte das Volk jedes Mal einen schrecklichen Fund. Die von der fremden alten Frau entführten Kinder tauchten zwar an unregelmäßigen Plätzen der Stadt wieder auf, jedoch waren sie da bereits gestorben.

Und bei jeder einzelnen Leiche dieser entführten Kinder, machten sie eine sehr grausame Entdeckung.

Bei allen Kindern wurde das Herz herausgenommen, weswegen man davon ausging, dass es sich bei der fremden alten Frau um eine Hexe oder um ein Dämon handeln müsste, die oder der ausschließlich das Herz der Kinder verzehrt und den Rest ihrer Körper wieder irgendwo absetzt.

Nach vielen ähnlichen Meldungen und Sichtungen über die fremde alte Frau in der Stadt Urmia, konnten die Eltern ihre Kinder nicht mehr unbeaufsichtigt auf die Straße lassen geschweige den zum Spielplatz schicken.

Sie alle lebten in Angst und Panik und fürchteten sich um das Leben ihrer Kinder.

Doch, weil kaum ein Kind ohne eine Aufsichtsperson irgendwo spielen ging, ging der

Albtraum schon bald in den zahlreichen Kinderzimmern weiter.

Plötzlich verschwanden auch über Nacht die Kinder aus ihren Zimmern und wurden kurz darauf als eine Leiche wiedergefunden, denen das Herz herausgerissen worden war.

Niemand wusste sich mehr zu helfen. Das Volk war hilflos gegen die fremde alte Frau gewesen, von der niemand wusste, wer genau sie war und woher sie kam.

Fortan hatten die Eltern beschlossen im gemeinsamen Zimmer mit ihren Kindern die Nächte zu verbringen, in der Hoffnung sie so vor der fremden alten Frau beschützen zu können.

Seither lebt das Volk der Stadt Urmia weiterhin in Angst und Schrecken weiter.

DIE SCHUHE DES TEUFELS

An der Südwestküste Jamaikas befindet sich die
Hafenstadt Savanna-la-Mar.
Seit seiner erfolgreichen Karrierelaufbahn und
mehrfachen Siegen bei den Olympischen Spielen
wurde der weltbeste Sprinter Usain Bolt nicht nur
weltweit bekannt, sondern wurde auch bei seinen
Landsleuten als ein Held gefeiert.
Einer seiner größten Fans, der ihn
möglicherweise mehr feierte und verehrte als die
Bevölkerung des gesamten Landes zusammen,
war der aus Savanna-la-Mar stammende 16-
jährige Junge namens Jayden Cole.
Jayden hatte alle möglichen Merchandise
Produkte über seinen Helden und Spitzenathleten
Usain Bolt gesammelt, die er nur kriegen konnte.
Darunter auch jede Menge Wandposter und T-
Shirts.
Doch all das genügte dem jungen Jayden nicht.
Er wollte mehr. Jayden wollte eines Tages
ebenso ein großartiger Sprinter und Gewinner bei
den Olympischen Spielen werden wie Usain Bolt.
Dafür trainierte er Tag und Nacht und bei jeder,
die sich ihm bietende Gelegenheit.
Jayden wollte mindestens genau so schnell laufen
können wie sein großer Held Usain Bolt.
Doch Jayden hatte leider ein Problem. Besser

gesagt, ein paar Probleme. Denn die beiden Laufschuhe, die Jayden zum Trainieren verwendete, waren bei weitem nicht professionell und gut genug gewesen, sodass er sein ganzes Potenzial mit ihnen erreichen konnte.

Er hasste seine Laufschuhe und wollte unbedingt neue von seinen Eltern bekommen. Doch seine Eltern konnten sich die professionellen, die sich Jayden so sehr gewünscht hatte, nicht leisten. Jayden hatte noch fünf weitere Geschwister und seine Mutter war arbeitslos gewesen. Sein Vater schaffte es nicht mit seinem einzigen Gehalt jedem Wunsch seiner Familie nachzukommen, so gern er das auch tun würde. Sie konnten sich gerade einmal so sehr über Wasser halten, sodass sie nicht auf der Straße leben oder verhungern mussten.

Und Jayden's Vater wollte schon aus Prinzip seinem Sohn keine neuen Sportschuhe kaufen, die beinahe genau so viel kosteten wie ein gebrauchtes Auto.

Diesen Traum musste Jayden, ob's ihm gefiel oder nicht, leider aufgeben. Und damit möglicherweise auch seine Chance ein erfolgreicher Sportler zu werden.

Jedenfalls wurde Jayden eines Tages von seinem Vater zum Markt geschickt, um einiges an Gemüse für das Abendessen zu kaufen.

Sein Vater hatte ihm ausdrücklich gesagt, dass er das Geld nur für das Gemüse ausgeben soll, die seine Mutter zum Kochen benötigt und nichts anderes damit kaufen solle.

"Na, Laufschuhe werde ich mir bestimmt damit nicht kaufen können." Dachte er sich, während er sich frustriert auf den Weg zum Gemüsehändler gemacht hatte.

Wie immer war auf dem Markt auch an jenem Tag sehr viel los gewesen. Eine große Menschenmenge und viele neugierige Touristen. Viel Lärm und viel Getummel. Jayden konnte sich in dem Durcheinander kaum bewegen geschweige denn bis zum Gemüsehändler weitervorgehen.

Als er gerade dabei gewesen war sich von der wilden Menschenmenge zu befreien und nach Luft schnappen konnte, hörte er, wie jemand ihm zugerufen hatte.

Als er sich zu der Stimme gewandt hatte, konnte Jayden sehen, dass ein ungewöhnlicher Markthändler ihn komisch anlächelte und zu sich rief.

Nach kurzem Überlegen ging Jayden, aus purer Neugierde, zu dem seltsamen älteren Mann und wollte von ihm wissen, woher er seinen Namen kannte.

Der ältere Mann, der verschiedene Antiqutäten auf seinem großen Stand zu verkaufen schien, hatte ihm gesagt, dass jeder in der Stadt den jungen Mann kennen würde, der so eifrig für die Olympischen Spiele trainierte.

Jayden war überrascht über die unerwartete
Aussage von dem Antiquitätenhändler gewesen.
Es überkam ihm ein sehr gutes Gefühl jetzt schon
eine Berühmtheit gewesen zu sein und, dass alle
ihn kennen würden. Er selber hatte davon nichts
mitbekommen, doch aus purer Freude und etwas
Einbildung ist er dem nicht weiter nachgegangen.
Der Antiquitätenhändler konnte den Stolz in
Jayden's Gesicht deutlich wahrnehmen,
woraufhin er ihm ein Angebot gemacht hatte,
dass er nicht ablehnen konnte.
Denn er hatte Jayden jetzt genau da, wo er ihn
haben wollte.
Der Antiquitätenhändler wusste von dem
Laufschuhdilemma das Jayden hatte, weswegen
er ein paar nagelneue und ungebrauchte
Laufschuhe aus einem seiner mit bunten Steinen
verzierten Kommoden herausgeholt hatte. Als
Jayden die Laufschuhe gesehen hatte, war seine
Kinnlade gefallen und seine vor Begeisterung
weit geöffneten Augen strahlten und leuchteten
wie zwei große Juwelen.
Der Antiquitätenhändler sagte zu ihm, dass er
Jayden die Schuhe gerne verkaufen würde, doch
Jayden meinte, dass er sich solch sensationelle
Schuhe niemals leisten konnte.
Abgesehen davon hatte er gerade einmal genug
für etwas Gemüse dabei gehabt.
Der Antiquitätenhändler lachte herzhaft und
fragte Jayden, wieviel Geld genau er bei sich

hatte.

Jayden nannte ihm die Summe, woraufhin der Antiquitätenhändler ihm die Schuhe für exakt diesen Preis verkauft hatte.

Jayden war fassungslos über diese großartige Errungenschaft gewesen, sodass er plötzlich, wie durch eine starke Hypnose, auf das Gemüse und auf die ermahnenden Worte seines Vaters vergessen hatte.

Der Moment kam ihm wie ein Traum vor aus der er jede Sekunde aufwachen würde. Doch Jayden hatte festgestellt, dass er nicht träumte und, dass ihm die womöglich besten Schuhe, die er je in seinem Leben gesehen hatte, ab sofort gehörten. Auf den Drang vom Antiquitätenhändler hin, zog Jayden seine alten Schuhe aus und probierte sofort die neuen Schuhe an. Sie passten ihm perfekt. Als wären sie für ihn maßgeschneidert gewesen. Jayden sprang vor Freude und konnte gar nicht mehr damit aufhören. Er konnte bereits fühlen, dass er der nächste große Sprinter nach Usain Bolt werden würde. Daran gab es jetzt absolut kein Zweifel mehr.

Der Antiquitätenhändler forderte ihn mit einer netten, jedoch einem anfeuernden Ton auf, mit seinen neuen Schuhen bis nach Hause zu laufen. Jayden hielt das für eine absolut gute Idee und tat genau das, wozu der Antiquitätenhändler ihn aufgefordert hatte.

Jayden sprintete auf der Stelle los und rannte bis

nach Hause. So schnell war er zuvor noch nie gerannt. Es fühlte sich so gut an. Beinahe so, als würde er fliegen.

Dank seiner neuen Schuhe, erreichte er sein Zuhause in nur wenigen Minuten. Doch Jayden bemerkte, dass er nicht mehr stehenbleiben konnte. Er versuchte es, aber die Schuhe schienen das nicht zu wollen. Es war fast so, als hätten sie ein Eigenleben und würden Jayden kontrollieren.

Jayden flitzte mit rasanter Geschwindigkeit vor seinem kleinen Haus davon und fing kurz darauf nach Hilfe zu schreien an.

Er versuchte sein bestmöglichstes, doch er schaffte es einfach nicht stehenzubleiben. Es dauerte nicht mehr lange und Jayden war außer Puste geraten. Er hatte es schwer zu atmen und ihm drohte es ohnmächtig zu werden.

Jayden bekam Angst und fing zu weinen an, während er immer noch am Laufen war.

Er war bereits die Hälfte der Stadt abgelaufen und nichts und niemand konnte ihn stoppen. Schließlich wurde Jayden sehr müde und er verlor jegliche Kontrolle über seinen Körper. Er hatte keine Energie mehr und wurde zumindest am gesamten Oberkörper schlapp, während sich seine Beine nach wie vor wie Maschinen unaufhörlich bewegten.

Nach einer Weile schwankte sein Oberkörper unkontrolliert hin und her. Seine Arme sowie sein Kopf waren nach vorne gesenkt und wurden durch die rasante Geschwindigkeit hin und her geschleudert.

Wenige Minuten später wurde er immer langsamer und kam schließlich zu stehen. Die Schuhe hatten zu rennen aufgehört. Und sowie Jayden's Körper zu stehen gekommen war, so sackte er auf der Stelle zu Boden und blieb regungslos stehen. Jayden gestorben. Die Schuhe hatten ihn laufen lassen bis er in ihnen gestorben war. Erst dann wurden sie ruhig und taten nichts mehr.

Plötzlich tauchte aus dem Nichts der Antiquitätenhändler, der Jayden die Schuhe des Teufels verkauft hatte, vor dessen Leiche auf und zog Jayden's Leiche die Schuhe aus. Er nahm sie wieder an sich und verschwand ohne ein Wort gesagt zu haben.

ES KLINGELT!

Bojana Zorić lebte in Kroatien und war hauptberuflich als Taschendiebin tätig.

Sie machte das bereits als ein junges Mädchen, seit sie von Zuhause weggelaufen war, weil sie ihre Eltern und deren strenge Regeln nicht mehr ertragen konnte.

Seither lebte sie mal da und mal dort und schlug sich mit ihrem Talent durch das Leben.

Es war ein sehr anstrenges Leben für Bojana gewesen, aber sie hatte sich mittlerweile an den Stress und an das Adrenalin, die dieser Weg mit sich brachte gewohnt.

Sie bevorzugte es lieber alleine zu arbeiten, weil andere ihre Sicherheit gefährden würden erwischt zu werden.

Bojana wollte keine Risiken eingehen und kämpfte stets alleine ums Überleben.

Und das recht erfolgreich. Denn Bojana hatte das richtige Händchen für ihre Arbeit und konnte so unbemerkt viele Besitztümer sowie Wertsachen von Fremden, insbesondere von Touristen, zu eigen machen.

Bojana kannte alle Tricks und wusste ganz genau wie sie jemanden bestehlen musste ohne dabei erwischt zu werden.

Sie stellte das immer sehr geschickt und gut durchdacht an.

Sie gehörte zu den besten unter den Taschendieben in ganz Kroatien.

Die meisten der Wertsachen, die Bojana ihren Opfern abgenommen hatte, verkaufte sie, um an Bargeld heranzukommen, die sie wiederum für Essen und Kleidung ausgab. Die Wertsachen, die ihr ganz besonders gut gefielen behielt sie für sich. Doch Bojana achtete stets darauf nicht allzu viele Sachen zu bunkern, da es sonst schwierig sein würde sie alle bei sich zu tragen. Vor allem, wenn sie mal ganz plötzlich fliehen musste. Je weniger Gepäck sie bei sich hatte, umso schneller konnte sie entkommen.

Eines Tages, bei einem ihrer Beutezüge, war eine Touristengruppe in Bojana's Visier geraten. Unbemerkt und aus sicherer Entfernung beobachtete Bojana die Gruppe genauso wie ein Raubtier eine Herde Schafe beobachten würde. Sie musste nur auf den richtigen Moment warten, bevor sie sich auf die Herde stürzte und sich ein Schaf holte.

Ein Mann mittleren Alters holte gerade ein recht neues und teures Smartphone heraus, das Bojana unbedingt haben wollte. Sie könnte es für eine sehr gute Summe verkaufen und sich mit dem Geld eine schöne Zeit bescheren. Das war das Jackpot des Tages für sie gewesen. Sie konnte es kaum abwarten dem Mann sein edles Smartphone abzunehmen.

Doch, bevor Bojana zum nächsten Schritt ihres Plans über gehen konnte, klingelte plötzlich ihr Smartphone, das sie ein paar Tage zuvor von einem anderen Touristen gestohlen hatte.

Bojana war verwirrt und dachte sich, wer sie da wohl anrufen würde. Denn niemand hatte ihre Nummer gehabt und das gestohlene Smartphone verwendete sie täglich mit einer neuen SIM Karte. Nicht einmal Bojana selbst kannte daher ihre Telefonnummer auswendig.

Wer könnte also am anderen Ende dran sein, fragte sie sich und sah auf das Display. "Destiny" stand auf dem Bildschirm, woraufhin Bojana den Anruf weggedrückt und das Smartphone wieder in ihre Hosentasche gesteckt hatte. Jemanden namens Destiny kannte Bojana nicht.

Doch nur zwei Sekunden später klingelte das Handy wieder und am Bildschirm war erneut "Destiny" zu lesen.

Bojana fragte sich was das sollte und ihr wurde so langsam mulmig bei der Sache. Das Klingeln zerstörte ihre gesamte Konzentration und das gefiel ihr ganz und gar nicht. Diesmal schaltete sie das Handy komplett ab und versuchte sich wieder geistig zu sammeln. Denn sie musste ganz aufgeweckt und bei höchster Konzentration sein, um ihre Arbeit erfolgreich abschließen zu können. Fehler und Ablenkungen konnte sie sich auf keinen Fall erlauben. Denn die Konsequenzen würden für sie sehr hart werden.

Jedenfalls hatte sich Bojana einige Meter mehr zu der Touristengruppe genähert. Nach wie vor hatte sie den Mann und sein Smartphone, das er immer noch an seinem Ohr hielt, im Blickfeld gehabt.

Unbemerkt schritt sie immer mehr voran bis sie sich etwa zehn Meter vor der Gruppe auf eine Bank hingesetzt hatte. Kaum hatte sich Bojana hingesetzt klingelte ihr Handy erneut. Bojana war fassungslos gewesen. Wie konnte es sein, das ein Handy klingelte, wenn sie es doch bereits abgeschaltet hatte?

Sowohl genervt als auch beunruhigt und verängstigt holte Bojana das klingelnde Smartphone aus ihrer Hosentasche hervor und sah sich das Display an. Und ein weiteres Mal war darauf "Destiny" zu lesen.

Das Handy klingelte unaufhörlich, sodass Bojana schließlich beschlossen hatte den Anruf dieses Mal anzunehmen.

Sie wischte mit dem Daumen nach rechts, legte sich ganz nervös und leicht zitternd das Smartphone an ihr Ohr und begann zu sprechen. >>*Hal...Hallo! Wer ist da?*<< Es dauerte etwa vier bis fünf Sekunden bis die Person am anderen Ende der Leitung sich zu Wort gemeldet hatte. >>*Hallo Bojana! Freut mich, dass du endlich abgehoben hast.*<< Sagte er mit einer ganz ruhigen Stimme.

>>*Kenne ich Sie?*<< Wollte Bojana von dem fremden Mann wissen. >>*Nein, du kennst mich nicht, aber ich weiß ganz genau, wer du bist Bojana Zorić*<< An diesem Punkt lief Bojana ein kalter Schauer über den Rücken. Sie hatte absolut keine Ahnung wer der Mann sein konnte.

>>*Woher kennen Sie mich?*<< Wollte Bojana genauer wissen.

>>*Nun, meine liebe Bojana. Du bist auf einem falschen Weg. Viel zu lange hast du bereits Menschen bestohlen und sie um ihre Wertsachen erleichtert. Anstatt dir einen vernünftigen Job mit einem fixen monatlichen Gehalt zu suchen, hast du dich letzendlich dazu entschlossen andere zu bestehlen. Das ist ein Verbrechen meine liebe Bojana. Und wir dulden keine Verbrecher. Der Polizei beziehungsweise dem Justizsystem könnt ihr vielleicht entkommen, aber und entkommt ihr garantiert nicht. Wir erwischen jeden von euch.*<<

Vor lauter Nervosität und Schreck war Bojana bereits aufgestanden. In ihrem panischen Zustand war es ihr nicht mehr möglich gewesen ruhig sitzen zu bleiben. Sie dachte sich die ganze Zeit über, woher der Mann das alles wusste und wer er wohl sei und auch, welche Personen er gemeint hatte, als er immer wieder von "wir" gesprochen hatte. Das ganze Gespräch wurde für Bojana sowohl unheimlich als auch unwohl, sodass sie beschlossen hatte aufzulegen. Doch

der Mann sagte zum Abschluss noch drei letzte
Worte. >>*Schau nach vorne!*<< Ohne weiter zu
überlegen wandt Bojana ihre Blicke direkt nach
vorne und konnte ihren Augen nicht trauen. Der
Mann in der Touristengruppe auf dessen edles
Smartphone sie es abgesehen hatte, war derjenige,
der mit ihr telefonierte.
Nun begann die Sache für Bojana noch
unheimlicher zu werden und bei dem teuflischen
Lächeln des fremden Mannes wurde ihr so richtig
übel, woraufhin sie ihr Handy weggeschmissen
und ganz schnell davongelaufen war.
Sie rannte sehr schnell und dachte sich
währenddessen, dass der Mann vielleicht von
einer Spezialeinheit der Polizei sein könnte. Wie
sonst sollte er sie dann finden können? Sie war
doch bisher immer sehr vorsichtig gewesen.
Im Moment wollte sie sich nur ganz weit weg
von der Touristengruppe entfernen und sich
vorerst irgendwo verstecken.
Als sie ein sicheres Versteck an einem
abgelegenen Ort gefunden hatte, ließ sie sich
vorübergehend dort nieder.
Sie war außer Atem gekommen und ihr Herz
klopfte wie verrückt. Bojana hatte zum ersten
Mal in ihrem Leben große Angst gehabt. Angst
erwischt und verhaftet zu werden. Sie wollte auf
keinen Fall im Gefängnis landen.
Das musste sie, so gut es ging, verhindern.
Es waren bereits einige Minuten vergangen, als

Bojana plötzlich das selbe Klingeln zu hören begann, das genau so wie das Handy klang, das sie kurz vor ihrer Flucht weggeworfen hatte.

Das Klingeln kam aus ihrer Hosentasche. Sie war geschockt. Bojana kannte sich nicht mehr aus und hatte keine Ahnung wie das überhaupt möglich sein konnte.

Mit zitternden Händen holte sie das Handy aus ihrer Hosentasche heraus und blickte auf dessen Display. Ihr blieb beinahe das Herz stehen als sie wieder das Wort "Destiny" darauf zu lesen bekam.

Sie überlegte einige Sekunden, bevor sie den Anruf angenommen hatte. Mit zitternder Stimme sagte sie >>*Www...wer zur Hölle sind Sie und was wollen Sie vvv...von mir?*<<

Die Antwort ließ nicht lange auf sich warten.

>>*Ich bin dein Schicksal Bojana und was ich will, das bist du!*<<

Noch bevor Bojana darauf auf irgendeine Art und Weise reagieren konnte, schnappte sie von hinten eine starke Hand und zog sie an sich heran. Sie erkannte den Mann in der Touristengruppe wieder und fing vor lauter Schreck unverständlich zu stottern an. Der Mann hielt sie ganz fest und lächelte ihr erneut teuflisch zu. Diesmal zeigte er dabei seine spitzen und scharfen Zähne, während seine Augen orange-gelb zu leuchten angefangen hatten.

Mit einer Art weißem Lichtblitz waren beide auf

der Stelle spurlos verschwunden. Das Handy von Bojana war ebenso verschwunden.

DAS TEUFLISCHE AUTO

Die Verkehrsunfälle hatten sich in der türkischen Stadt Adana in letzter Zeit vermehrt. Oft kam es spät in der Nacht zu den tragischen Autounfällen, die keiner der Personen, die in die Unfälle verwickelt waren, überlebten.

Laut der Polizei beziehungsweise das Unfallkommando konnten die Ursachen zu den sich immer häufenden Unfällen nicht geklärt werden. Denn sämtliche Autopsieberichte und Untersuchungsberichte gaben vor, dass keiner der Fahrerinnen und Fahrer in einem alkoholisierten Zustand gewesen war, als die Unfälle passierten. Ihre Blutergebnisse waren negativ. Es waren keine Anzeichen auf Alkohol, Drogen oder sonstige Rauschmittel vorhanden. Das heißt, sofern die Ärzte den Toten Blut abnehmen konnten. Denn durch die Obduktion wurde jedes Mal festgestellt, dass sämtlichen Opfern, die sich in den Fahrzeugen befunden hatten, beinahe das gesamte Blut abgenommen worden war. Sie konnten sich dieses Phänomen nicht erklären. Dies wiederum warf bei der Polizei die Fragen auf, was der Grund für die rasant steigenden Verkehrsunfälle in der Stadt sein konnte und wieso den Todesopfern Literweise Blut entnommen war. Wer oder was konnte dafür verantwortlich sein?

Während die Polizei in diesen Fällen weiter ermittelten und sowohl eine Erklärung als auch nach einer Lösung suchten, wurden immer weitere Verkehrsunfälle gemeldet.

Die Polizei kam dem kaum nach und war teilweise sehr überfordert gewesen.

Die Verkehrskontrollen sowie die Überwachungen auf den Straßen wurden erhöht und es wurden mehr Polizistinnen und Polizisten für eine strengere Kontrolle beauftragt.

Die Polizei erhoffte sich dadurch, dass die Anzahl der gestiegenen Verkehrsunfälle bald wieder abnehmen würde. Doch sie musste leider feststellen, dass dieser

Plan gescheitert war. Die Verkehrsunfälle stiegen weiter an. Und die Polizei war vollkommen hilflos dagegen gewesen.

Das lag daran, dass an unbestimmten Straßen, meist waren es Straßen, die zu später Zeit wenig befahren wurden, ein mysteriöses und unbekanntes Fahrzeug plötzlich vor anderen Autofahrern auftauchte und sie dadurch zu plötzlichen Manövern leitete, die schließlich zu einem fatalen Unfall und letzendlich zu deren Tod geführt hatten.

Das unbekannte Fahrzeug erschien wie aus dem Nichts und ganz plötzlich und hatte nur ein Ziel. Die anderen Autofahrer in ein Unfall zu verwickeln.

Denn, dieses unbekannte Fahrzeug stammte nicht von der Erde. Es kam aus einem unbekannten Ort her. Aus einem Ort, in der nur das pure Böse existierte.

Und so wie es von dort kam, verschwand es auch wieder dorthin zurück, nachdem es seine Arbeit erledigt hatte.

Dieses Auto des Bösen baute all die Unfälle deswegen, weil es etwas ganz bestimmtes gebraucht hatte, damit es überleben konnte. Das Blut der Menschen.

Es hatte keinen Fahrer und fuhr selbstständig und genau so versorgte es sich auch selbstständig, in dem es eine Art Schlauch mit einem spitzen Ende hervor holte und damit den Unfallopfern das gesamte Blut aussaugte. Sein Treibstoff war das Blut der Menschen. Ohne das nötige Blut, würde das teuflische Auto nicht länger existieren können. Also musste es zusehen, dass es ein Unfall nach dem anderen verursachte und sich so mit menschlicher Blut versorgte bis es dann wieder spurlos und im Nichts verschwunden war.

DIE SAAT

Seit ihrer Neueröffnung vor fünf Jahren konnte die SBLB Samenbank, Sperm Bank for Live Births - Samenbank für Lebendgeburten in Seattle, USA, eine Vielzahl an Spendern verzeichnen.

Durch ihre erfolgreiche Marketingkampagne und sonstigen Werbungen sowie auch erfolgreichen Reportagen und überaus fachmännisch ausgebildetem Personal, wurde sie sehr schnell zu einer beliebten und vertrauenswürdigen Samenbank des gesamten Kontinents.

Bereits im sechsten Monat seit Bestehen der SBLB Samenbank, erhielt sie diverse Auszeichnungen vom Bundesstaat Washington. Genau so, wie die Interesse der männlichen Samenspender stieg, stieg auch dementsprechend die Interesse der Frauen für die die SBLB Samenbank, um dort einen geeigneten Spender zu finden. So ziemlich jede von ihnen wollte unbedingt, dass der Samenspender aus dieser Samenbank stammte.

Die Unternehmensleitung war über die enorme Interesse und auch über die erfolgreichen Quoten mehr als nur begeistert gewesen. Denn laut der Geschäftsleitung war genau das, das Ziel von der SBLB Samenbank gewesen.

Sie wollten so viele Samenspender wie nur
möglich gewinnen sowie auch für viele gesunde
Schwangerschaften und Geburten verantwortlich
sein.

Und genau das Ziel hatten sie auch in den
vergangenen fünf Jahren geschafft. Tendenz
steigend.

Sie verzeichneten eine erfolgreiche Geburt nach
der anderen. Die Frauen waren überglücklich
gewesen, dass
die Schwangerschaft durch einen Samenspender
so gut funktioniert hatte und, dass sie von Anfang
bis Ende sehr gut beraten worden waren.

Sie waren erleichtert darüber gewesen, sich für
die richtige Samenbank entschieden zu haben.

Doch, was sie alle nicht wussten, war es, dass die
SBLB Samenbank im Namen des Bösen, genauer
gesagt, im Namen des Teufels höchstpersönlich
arbeiteten.

Denn die SBLB Samenbank wurde im direkten
Auftrag des Teufels höchstpersönlich errichtet,
um dadurch die zukünftige Generation mit seinen
teuflischen und bösartigen Genen zu verseuchen,
sodass in Zukunft viel mehr böswillige Menschen
die Erde bevölkerten.

Es sollte mehr Elend und Grauen auf der Welt
herrschen, um das Gute endgültig zu vernichten.
Und dies war der SBLB Samenbank ebenfalls
gelungen. Denn all die Kinder, die durch die mit
den Genen des Teufels verseuchten Samen zur

Welt gekommen waren, trugen alle das Mahl des
Teufels in ihrem Blut und waren von dem Bösen
gefangen gewesen. Jede einzelne von ihnen war
mitunter das Kind des Teufels gewesen, ohne es
zu wissen. Und all diese Kinder waren bösartig
gewesen, die für noch mehr Böses sorgen würden,
sobald sie älter geworden waren.
Von daher stand die Abkürzung SBLB nicht für
Sperm Bank for Live Births, Samenbank für
Lebendgeburten, wie die Geschäftsleitung
behauptete, sondern sie stand für Satan,
Beelzebub, Lucifer, Baphomet. Die Namen, mit
denen der Teufel sonst noch bezeichnet wurde.

OMA'S BROWNIES

Callahan Doyle war ein erfolgreicher Konditor in Wicklow, Irland. Seine Konditorei und Bäckerei war in der gesamten Stadt sehr beliebt. Vor allem die Touristen zog der Geruch von Muffins, die frisch vom Ofen auf der Theke platziert wurden, dorthin.

Doch am beliebtesten waren seine Brownies gewesen.

So hatte er sein Laden auch genannt, Oma's Brownies.

Denn seine Brownies schmeckten so gut, so als hätte sie eine Großmutter für ihre Enkelkinder gebacken.

Die Brownies waren ein Traum für die Gaumen seiner Gäste gewesen.

Und Callahan hatte das Rezept auch von seiner eigenen Großmutter bekommen, kurz bevor sie verstarb.

Callahan schmeckten die köstlichen Brownies seiner Großmutter so sehr, dass er sie mit allen anderen teilen wollte. Zudem machte er ein sehr gutes Geschäft damit.

Doch Callahan's Brownies schmeckten im Gegensatz zu denen von seiner verstorbenen Großmutter ein wenig anders, da er dem Rezept eine Geheimzutat hinzugefügt hatte.

Noch ganz am Anfang, bei der Neueröffnung seines Ladens vor drei Jahren, mischte Callahan einige Tropfen vom Blut seiner Großmutter, die er mit ein paar Messerstichen in die Brust ermordet hatte.

Er hatte ihr das gesamte Blut abgezapft und es Tropfen für Tropfen über eine gewisse Zeit lang in seine Brownies beigemischt. Dies war der eigentliche Grund gewesen, wieso er seinem Laden den Namen Oma's Brownies gegeben hatte.

Seine Kundschaft aß somit die Brownies, in deren Teig sich das Blut seiner Großmutter befand. Zumindest für einige Zeit. Denn irgendwann war das gesamte Blut von Callahan's Großmutter, das er in Kühlbeuteln in seinem Kühlfach aufbewahrt hatte, verbraucht gewesen. Doch um die Tradition und den unübertrefflichen Geschmack seiner Brownies beibehalten zu können, musste Callahan frisches Blut lagern. Abgesehen davon musste der Name seines Ladens weiterhin einen Sinn ergeben.

Dieses frische Blut also, entnahm er anderen Seniorinnen, die er immer dann ermordete und ihre Leichen, genau wie die seiner Großmutter, direkt unter seinem Laden vergrub, sobald ihm seine Ration an menschlichem Blut ausging. Während die Verkaufszahlen seiner Brownies sich in die Höhe trieben, stiegen auch gleichzeitig

135

die Vermisstenanzeigen von Seniorinnen an, bei der die Polizei keinerlei einen Zusammenhang zwischen deren Verschwinden und Callahan's Laden feststellen konnte.
Sie suchten weiter, während auch sie genüsslich ihre Brownies zu ihrer Tasse Kaffee aßen.

DER KUSS

In ganz Kanada kam es immer öfter vor, dass
Frauen Morgens mit einem Kussfleck ähnlichem
Mahl an ihrem Hals aufwachten.
Sie wussten nicht woher dieser Fleck stammte
und wer dafür verantwortlich war. Die
verheirateten Frauen dachten, dass ihre
Ehemänner, während ihres Schlafes dies getan
hätten, doch sämtliche Ehemänner bestritten
diese Theorie.
Da man dachte, dass es sich möglicherweise um
eine Art Krankheit beziehungsweise eine
Hautkrankheit handeln könnte, suchten alle
betroffenen Frauen diverse Ärzte auf und ließen
sich untersuchen.
Doch auch die Ärzte konnten sich dieses
Phänomen nicht erklären, weswegen sie den
betroffenen Frauen nicht weiterhelfen konnten.
Dennoch wurden ihnen Salben und Cremes
verschrieben, doch nichts hatte geholfen. Die
Flecken an ihren Hälsen blieben weiter bestehen.
Um der Dunkelheit etwas Licht zu bringen,
hatten einige der Frauen Videokameras in ihre
Schlafzimmer montiert, in der Hoffnung zu sehen,
wer die Flecken an ihren Hälsen verursachte.
Und tatsächlich konnte eine junge Frau, die eines

weiteren Nachts mit ihrem Ehemann im gemeinsamen Bett eingeschlafen war, etwas sehr erschreckendes auf ihren Videoaufzeichnungen feststellen.

Als sie und ihr Ehemann sich die Aufzeichnungen von jener Nacht angesehen hatten, hatten sie umgehend das Haus verlassen und zogen woanders hin.

Doch ganz egal, wohin sie auch gezogen waren, ganz egal, wie weit sie sich auch entfernt hatten, die Flecken an den Hälsen der Frauen verschwand niemals. Denn laut den Videoaufzeichnungen von der jungen Frau, war auf den Aufnahmen eine seltsame und grauenhafte Kreatur zu sehen, das das junge Ehepaar zuvor noch nie gesehen hatte. Diese abscheuliche Kreatur mit sechs tentakelähnlichen Armen, langen dürren Beinen und einem oval geformten Kopf, war aus dem Nichts aufgetaucht. Sie hatte sich langsam zu der Bettseite genähert, auf der die junge Frau gelegen hatte und sich ebenso langsam zu ihrem Hals gebeugt. Gleich danach hatte es angefangen an ihrem Hals zu saugen. Es schien so, als würde sie ihr das Blut aussaugen, wie sie es aus Vampirgeschichten gekannt hatten. Die Kreatur schien sich irgendwie auf eine ähnliche Weise von ihr zu ernähren.

Sobald die Kreatur genug an ihrem Hals gesogen hatte, verschwand sie wieder, indem sie plötzlich unsichtbar wurde.

Nachdem das Videomaterial viral ging, um jeden, vor allem die Frauen, zu warnen, woher die Flecken an ihren Hälsen eigentlich stammten, wurde die Kreatur von einer nordamerikanischen Schamanin wiedererkannt.

Es handelte sich dabei um eine dämonische Kreatur, genannt Terbes, die sich ausschließlich vom Schweiß der Frauen ernährte. Daher erschien es immer bei Frauen und sog den salzigen Schweiß von ihren Hälsen ab. So kam es zu den dunklen Spuren, die wie Kussflecken an ihren Hälsen aussahen.

DIE OPFERUNG

Tief im Dschungel von Papa-Neuguinea hatte
sich vor einiger Zeit ein außerirdisches Wesen,
den die Einheimischen Handaluk nannten,
eingenistet, der für Angst und Schrecken sorgte.
Das Wesen wurde von den Einheimischen daher
Handaluk genannt, weil es das immer wieder
sagte. Das einzige Wort, das die Einheimischen
aus seinem Mund klar und deutlich heraushören
konnten. Alle anderen Wörter, die das Wesen aus
einem fernen Planeten von sich gab, waren viel
zu unverständlich gewesen.
Das Wort Handaluk stach daher so stark aus und
war viel leichter zu merken gewesen, weil das
außerirdische Wesen es immer dann gesagt hatte,
wenn es eine Opferung zu seinen Ehren haben
wollte.
Jedes Mal, wenn das Wesen "Handaluk" sagte,
wussten die Einheimischen, dass das Wesen nach
einem menschlichen Opfer verlangte, das es
genüsslich verzehren konnte.
Die Einheimischen hatten keine Ahnung davon,
woher das Wesen genau gekommen war, aus
welchem Planeten es stammte und wieso es
ausgerechnet sich ihren Dschungel ausgesucht
hatte, jedoch lag es möglicherweise daran, dass
die Bevölkerung von Papa-Neuguinea im

Gegensatz zu der restlichen Welt ein wenig abgeschnitten lebte und technologisch oder auf eine sonstige Art und Weise nicht besonders weiterentwickelt war. Demnach konnte Handaluk sie viel besser herumkommandieren.

Die Einheimischen waren, zu ihrem Bedauern, dazu gezwungen gewesen den Befehlen von Handaluk Folge zu leisten, da ihnen sonst der Tod beziehungsweise die Opferung bevorstehen würde.

Handaluk ließ sich wie ein göttliches Wesen von den Einheimischen behandeln und tat mit ihnen, wonach ihm immer gewesen ist.

Auf sein Wunsch hin, hatten sie ihm ein Denkmal errichtet und er bekam immer die besser gereiften Früchte wie Papaya's, Ananas, Bananen, Mangos oder Passionsfrüchte. Die schlechten sowie die unreifen durften die Einheimischen essen.

Doch am liebsten ernährte sich Handaluk von Menschenfleisch, weswegen er immer zum Monatsende einen Menschen für sich opfern ließ, dessen Fleisch er ganz alleine über das gesamte Monat hinweg, bishin zur nächsten Opferung, verspeiste.

Dafür veranlasste er eine ganze Zeremonie mit Opferungsritualen, die er sich alle selbst ausgedacht und den Einheimischen beigebracht hatte. Denn durch das Schauspiel kam er sich noch mächtiger und göttlicher vor.

Anfangs mussten die Einheimischen unter sich selber jemanden auswählen, den sie opfern würden. Weil sich keiner von ihnen so gerne opfern und hinterher verspeisen lassen wollte, hatten sie sich ein Wettkampf ausgedacht, bei dem die Verliererin oder der Verlierer geopfert wurde. Undzwar mussten sie um ihr eigenes Überleben miteinander kämpfen. Die Kämpfe liefen stets sehr brutal und gnadenlos ab. Vor allem, wenn hin und wieder zwei Verwandte gegeneinander kämpfen mussten. Es war genauso wie das Gesetzt des Dschungels es verlangt hatte. Der Stärke würde überleben.

Für Handaluk glichen die Faustkämpfe denen der Gladiatoren, worüber er sehr erfreut gewesen war. Welche Zwei zum Wettkampf antreten sollten, wurde durch eine Art Los entschieden. Jeder von ihnen musste ein Stein aus einem großen runden Behälter herausziehen, den Handaluk bereitgestellt hatte. Niemand konnte die Steine von Außen sehen. Der Behälter hatte ein kleines Loch durch das die Einheimischen gerade mal ihre Hände hineinstecken und eines der Steine herausholen konnten. Zwei dieser Steine waren komplett mit menschlichem Blut bemalt gewesen. Und zwar von der ersten Person, die Handaluk bei seiner Ankuft verspeist hatte, um dem Rest zu zeigen, wie ernst er es gemeint hatte.

Und die zwei Personen, die diese Steine herauszogen mussten gegeneinander antreten.

Doch, da die Einheimischen es nicht länger
dulden konnten, dass sie ständig jemanden aus
ihren Reihen Monat für Monat opfern mussten,
hatten sie Handaluk einen Vorschlag gemacht.
Sie gaben ihm zu verstehen, dass sie von nun an
Touristen, die ihre Heimat besuchen kamen,
entführen und für Handaluk als Opfer
präsentieren würden.
Handaluk hatte dagegen absolut nichts
einzuwenden gehabt. Für ihn war es nur wichtig
gewesen, dass er regelmäßig menschliches
Fleisch essen konnte.
So begannen die Einheimischen von Papa-
Neuguinea mit ihren Entführungen. Doch sie
wussten, dass sie die Entführungen klug anstellen
mussten, weil sonst die anderen potenziellen
Touristen von den Entführungen erfahren und das
Land aus Angst nicht besuchen würden.
Denn in so einem Fall, wären sie wieder
gezwungen sich untereinander für den
Außerirdischen Handaluk zu opfern, dessen
großer und stark gebauter schuppiger Körper blau
schimmerte, vier menschenähnliche Arme und
einen insektenähnlichen Kopf, nahezu wie der
einer Ameise, mit vier großen und schwarzen
Augen hatte.

DAS VERFLUCHTE FERIENHAUS

Jedes Jahr im Sommer, fuhren das aus Österreich stammende Liebespaar, Bianca und Arian an ihren hochgeliebten Ort Grado in Italien.

Sie liebten einfach alles an diesem Ort. Das Wetter, den Strand, das Meer, die Menschen und die vielfalt an der kulinarischen Küche.

Bianca freute sich immer am meisten über ihren Besuch in Grado. Für sie kam es jedes Jahr wie ein einzigartiger Traum vor, die Ortschaft, gemeinsam mit ihrer großen Liebe Arian zu besuchen.

Doch sie wollte nicht ewig ein Zimmer für zwei Personen in einem der Hotels buchen müssen. Bianca wollte unbedingt ihr eigenes Haus in Grado besitzen. Ihr eigenes Ferienhaus.

Es war somit Bianca's Idee gewesen sich ein Ferienhaus in Grado anzuschaffen, weil sie sich so gerne dort aufhielt, aber nicht immer in einem Hotel verweilen wollte.

Sie hatte sich so sehr ihr eigenes Haus dort gewünscht und hatte es auch schließlich, nach vielen Jahren harter Arbeit und ebenso vielen Ersparnissen, bekommen.

Selbstverständlich hatte ihr Freund Arian sie dabei finanziell unterstützt.

Nach und nach hatte sich das junge Liebespaar in ihrem neuen Ferienhaus eingerichtet und es sich schön ordentlich bequem gemacht. Es war alles genauso, wie Bianca es schon immer haben wollte.

Und schließlich war die Zeit endlich gekommen, das Ferienhaus zu besuchen und dort zu wohnen, ohne irgendwelche Möbel zu schleppen oder sonstige Reparaturarbeiten vorzunehmen.

Jetzt konnte Bianca, gemeinsam mit ihrem Freund Arian endlich den Urlaub genießen von dem sie schon seit Jahren geträumt hatte.

Es war bereits spät geworden. Bianca und Arian standen kurz davor, ihre erste gemeinsame Nacht in ihrem neuen und komplett fertiggestellten Ferienhaus zu verbringen.

Sie waren beide sehr aufgeregt. Bianca noch viel mehr als Arian. Bianca's Freude machte wiederum Arian sehr glücklich. Denn er liebte sie über alles und wollte, dass Bianca stets glücklich gewesen war.

Weil sie sich so sehr auf ihr neues Ferienhaus gefreut hatte, hatte Bianca den gesamten Tag, zusammen mit Arian, im Haus verbracht. Sie wollte es ordentlich genießen und das Haus einfach nur spüren. Und während Bianca nur positive Energie vernommen hatte, überkam Arian, seltsamerweise, eine miese Laune, die er jedoch vorerst für sich behielt. Denn er wollte keinesfalls Bianca's gute Laune zerstören. Abgesehen davon dachte er, dass es wohl an der Reise oder an dem Essen gelegen haben könnte und wollte keine große Sache daraus machen. Schließlich war die Nacht hereingebrochen und die beiden machten sich für das Bett fertig.

Bereits beim Putzen seiner Zähne erfuhr Arian ein Missgeschick nachdem anderen. Zunächst war ihm die Zahnbürste aus seiner Hand gefallen und als er sie vom Boden aufheben wollte, war er mit seiner Stirn an das Waschbecken gekommen, woraufhin er ein lautes >>*Aua!*<< von sich gegeben hatte. Bianca lief sofort panisch in das Badezimmer, um nachzusehen was vorgefallen war, aber Arian konnte sie beruhigen, indem er ihr von seinem kleinen und unbedeutenden Unfall erzählt hatte. Er dachte einfach nur, dass es Pech sei und wollte sich nicht länger damit beschäftigen. Doch die leichte Beule an seiner Stirn musste er dennoch schnell behandeln, damit sich die Schwellung ganz schnell wieder legte. Also machte sich Arian auf den Weg in die Küche, während Bianca leicht besorgt im Schlafzimmer auf ihn wartete.

Arian hatte sich direkt zum Kühlschrank begeben, nachdem er das Licht in der Küche aufgedreht hatte.

Aus dem Kühlfach holte er einen kleinen Beutel mit Eiswürfeln drinnen, den er sofort gegen die Stelle mit der Beule an seine Stirn presste, um dadurch die Schwellung zu stoppen.

Bereits nach wenigen Minuten fing das Küchenlicht plötzlich zu flackern an, woraufhin

Arian ein wenig verwundert darüber gewesen war. Denn die Lichter und Lampen waren alle neu eingebaut und noch gar nicht wirklich in Verwendung gewesen. Wieso flackerte also das Licht in der Küche so ganz plötzlich? Arian legte den Eisbeutel in das Waschbecken in der Küche und wollte sich das Licht genauer ansehen. Er ging davon aus, dass möglicherweise die Glühbirne locker war und nur etwas fester eingedreht werden musste. Also rückte er sich eines der Küchensessel zu recht, stieg darauf und überprüfte die Glühbirne. Sowie Arian die Glühbirne angefasst hatte, wurde er von einem gewaltigen Strom erfasst, der seinen ganzen Körper zum Zittern gebracht hatte. Arian verharrte in seiner Position und konnte weder sprechen noch sich bewegen. Den gesamten Stromschlag über, der eine halbe Minute gedauert hatte, stand Arian stocksteif auf dem Küchensessel bis vor lauter Druck seine Nase zu bluten angefangen hatte.

Schließlich unterbrach der Strom für einen Moment, sodass Arian, wie ein gefällter Baum, so steif und gerade, vom Küchensessel auf den Küchenboden stürzte. Der Klang seines Aufpralls war dabei so laut gewesen, dass Bianca es von ihrem Schlafzimmer aus hören konnte.

Sofort und leicht verängstigt sprang sie aus dem Bett heraus und lief zur Küche.

Sie war sofort in Tränen und lautem Schrei

ausgebrochen, als sie die Liebe ihres Lebens blutend und dampfend auf dem Küchenboden liegen gesehen hatte. Sein lebloser Körper war immer noch in der selben Position, wie er während des Stromschlages gewesen war. Teile seiner Haut hatten Verbrennungen dritten Grades erlitten und Teile seines Schlafanzuges waren zerfetzt gewesen.

Seine beiden Augen sowie gewisse Stellen an seinem Kopf waren vom gewaltigen Stromschlag abgebrannt gewesen.

Dieser tragischer und plötzlicher Verlust ihres Freundes, mit der Bianca sich eine ganze gemeinsame Zukunft vorgestellt hatte, würde sie für den Rest ihres Lebens verfolgen. Vor allem würde sie der schreckliche und grausame Anblick, wie sie ihn vorgefunden hatte, selbst in ihren Träumen verfolgen.

Diese Nacht war für Bianca eine besonders entsetzliche und tragische Nacht gewesen.

Zwei Jahre waren bereits nach dem tragischen Tod von ihrem damaligen festen Freund Arian vergangen, als in Bianca's Leben eine neue Liebe eingetreten war.

Sein Name war Kevin und auch er stammte aus Österreich.

Nach dem Tod von Arian, war Bianca psychisch nicht mehr in der Lage gewesen das Ferienhaus in Grado zu besuchen. Die schrecklichen Erinnerungen und Erlebnisse, die sie immer noch nicht zur Gänze verarbeitet hatte und möglicherweise auch niemals verarbeiten kann, waren ihr immer wieder vor den Augen erschienen. Hin und wieder besuchte sie das Ferienhaus zwar schon, aber nur um gewisse Sachen und persönliche Gegenstände zu holen. Mehr Zeit als es notwendig war, wollte sie dort nicht verbringen.

Doch ihr neuer Freund Kevin machte ihr Mut und gab ihr das Vertrauen, sodass sie sich in seiner Gegenwart wohl fühlen konnte. Und vielleicht würde er dafür sorgen, dass sie mit den schrecklichen Ereignissen, die sich vor zwei Jahren ereignet hatten, klar kommen würde. Also hatte sie sich dazu entschlossen, gemeinsam mit Kevin das Ferienhaus in Grado zu besuchen und dort ihren Urlaub zu verbringen.

Für Bianca war es schon sehr seltsam gewesen, da sie es sich eigentlich immer mit Arian vorgestellt hatte, das Ferienhaus jährlich zu besuchen und den gemeinsamen Urlaub dort zu verbringen. Und jetzt war sie mit einem anderen Mann dort und würde möglicherweise mit ihm all das machen, was sie sich eigentlich mit Arian vorgestellt hatte.

Da wurde ihr ein weiteres Mal klar, dass viele Dinge im Leben nicht nach dem eigenen Plan verlaufen und sie sich jeden Moment ändern würden.

Daher sollte man umso mehr die Zeit mit den

Personen zu schätzen wissen, die man um sich herum hatte. Denn es könnte jederzeit einfach alles passieren und sie würden, ganz plötzlich, nicht mehr ein Teil unseres Lebens werden.

Anders wie damals mit Arian, hatten Bianca und Kevin den halben Tag, nach ihrer Ankuft in Grado, am Strand verbracht. Bianca brauchte wohl noch etwas Zeit, um sich mental auf das Ferienhaus vorzubereiten. Sie dachte, dass der Strand und das Meer ihr gut tun würden. Und selbstverständlich auch die kräftigen Arme von Kevin, die sie die gesamte Zeit über fest umarmt hatten.

Schließlich war es dann wieder soweit. Bianca würde zum ersten Mal mit ihrem neuen Freund Kevin das Ferienhaus betreten.

Doch schon bereits beim Eintreten in das Haus geschah Kevin ein Missgeschick. Er stolpert, während er durch die Haustür hineinging und fiel auf seine beiden Knie.

Die erschrockene Bianca versuchte ihm sofort aufzuhelfen. Zu seinem Glück ging es Kevin gut. Seine Knie waren in Ordnung.

Gleich danach wollte Kevin unter die Dusche und erst einmal den gesamten Tag von sich abwaschen, bevor er es sich mit Bianca gemütlich machen wollte.

Bianca hingegen verschwand in die Küche und wollte einige kleine Snacks und ein wenig Naschzeug für einen romantischen Abend

153

vorbereiten.

Kevin war etwa nach zehn Minuten mit der Dusche fertig und wollte aus der Badewanne hinaussteigen. Doch so wie es der Zufall wollte, rutschte er am nassen Boden ab und fiel rückwärts um, sodass er sich beim Sturz den Hinterkopf gewaltig an der Badewannekante gestoßen hatte. Sein Hinterkopf war aufgeplatzt und er verlor jede Menge Blut. Bianca, die von dem tragischen Unfall ihres Freundes noch keine Ahnung hatte, hatte das Wohnzimmer für das gemeinsame Kuscheln bereits vorbereitet.

Doch so langsam machte sich Bianca Sorgen und wollte nach Kevin sehen. Sie ging ins Badezimmer, klopfte kurz an die Tür und trat hinein.

Und ein weiteres Mal war sie in Tränen und einem lauten Geschrei ausgebrochen, als sie ein weiteres Mal, die Liebe ihres Lebens leblos und blutend am Boden vorgefunden hatte.

Als die Einsatzkräfte gekommen waren, ging der Chefermittler der Polizei in Grado zu Bianca, sprach ihr ein weiteres Mal sein Beileid aus und sagte zu ihr folgendes. >>*Ich wollte es Ihnen eigentlich schon vor zwei Jahren sagen, als sie auch damals ihren Freund auf eine tragische Art und Weise verloren hatten, doch, weil ich selber nicht an so ein Unfug glaube, wollte ich sie damit verschonen. Doch jetzt, beim zweiten Mal, bin ich mir offen gesagt selber nicht mehr sicher, was ich glauben soll und was nicht, weswegen ich es ihnen dieses Mal doch lieber erzählen werde. Vor vielen Jahren, noch bevor sie und ihr damaliger Freund Arian dieses Ferienhaus gekauft hatten, gehörte es einer älteren und äußerst wohlhabenden Dame namens Ginevra De Santis. Sie war mit einem Mann fest zusammen, den sie sehr geliebt hatte. Doch wie sie später selber herausgefunden hatte, liebte er nicht sie, sondern ihr Geld. Er war hinter ihrem ganzen Vermögen und Besitztümern her. Denn, wir fanden damals heraus, dass es sich bei ihrem Liebhaber um den lange gesuchten Betrüger namens Ernesto Costa gehandelt hatte, der ständig unter einer falschen Identität die Frauen um ihre Reichtümer erleichterte. Und Ernesto hatte es, wie wir später nach seiner Verhaftung herausgefunden hatten, es unter anderem auf genau dieses Haus abgesehen. Doch nach dem Ginevra De Santis ihn enttarnt hatte, tat sie alles um ihn loszuwerden. Ernesto hatte sie daher ermordet, doch laut seiner Aussage, soll Ginevra De Santis, kurz bevor sie starb, zu ihm gesagt haben, dass sie das Haus mit einem Fluch belegen würde, damit weder Ernesto noch irgendein Mann es jemals besitzen konnte. Wir hatten Ernesto nur drei Tage nach seiner Ermordung an Ginevra De Santis festgenommen und bereits in der ersten Woche seiner Inhaftierung hatte er sich selbst in seiner Zelle aufgehängt.*

155

Wie bereits gesagt, ich glaube zwar nicht an solche
Flüche oder ähnliches, aber, nachdem der selbe
Fall nun ein zweites Mal in diesem Haus sich
zugetragen hat und wir nur Männer als Leichen
haben, die durch Unfälle gestorben sind, da fängt
man dann schon ein wenig zu grübeln an.
Jedenfalls, mein aufrichtiges Beileid ein weiteres
Mal!<<
Nach der Geschichte des Chefermittlers über das
Ferienhaus fing auch Bianca nun zu grübeln an.
Sie dachte sich, ob die Geschichte wohl der
Wahrheit entsprechen und das Ferienhaus für
Männer tatsächlich verflucht gewesen sein
könnte.

DIE QUAL DER WAHL

Ganz Ungarn war aufgrund eines psychopathischen Serienmörders in Angst und Schrecken verfallen. Obwohl die Polizei im gesamten Land nach dem skrupellosen Serienmörder suchte, konnte sie ihn bisher nicht fassen.
Er ging immer nach einer einzigen Methode vor, um seine Opfer zu töten.
Er brach in zufällig ausgesuchte Wohnungen und Häuser ein und drohte die gesamten Bewohner umzubringen. Es sei denn, sie würden sich auf ein kleines Spiel mit ihm einlassen. Diejenigen, die sich, trotz seiner geladenen Schusswaffe, dennoch weigerten mitzuspielen, wurden auf der Stelle kaltblütig von ihm umgebracht.
Die Opfer hatten somit keine Wahl gehabt und waren gezwungen gewesen bei seinem kranken Spiel mitzuspielen.
Die Regeln waren ganz einfach gewesen. Der Serienmörder wählte immer eine Person, die sich am Ende zwischen ihren Familienangehörigen oder sonstigen Mitbewohnern entscheiden musste, wen von ihnen der Serienmörder umbringen und welche er am Leben lassen sollte.
Die vom Serienmörder ausgewählte Person war

daher gezwungen gewesen, unter vielen Tränen und einem äußerst großen schlechten Gewissen zu wählen, ob sie sich nun für ihren Lebenspartner oder für ihr Kind entscheidete. Ob sich die Person für ihre Mutter oder für ihren Vater entscheidete. Ob sich die Person für ihren Freund oder sich zwischen ihren Geschwistern entscheidete. Der Serienmörder stellte immer die restlichen Personen vor der schweren Entscheidung des von ihm ausgewählten Spielerin oder Spielers und überließ ihnen die Qual der Wahl. Die Personen, für die sie sich am Ende entschieden hatten, durften weiter leben, während die anderen Personen durch ein Kopfschuss, direkt vor ihren Augen, vom Serienmörder umgebracht wurden.

Danach flieh der eiskalte und der unter äußerst psychischen Störungen leidende Serienmörder vom Tatort und schaffte es jedes Mal unterzutauchen.

Nur um sich dann erst wieder zu zeigen, wenn ihm erneut zum Spielen zumute war.

DEVIL'S POWDER

Der berümt-berüchtigte Muscle Beach in Santa Monica, Kalifornien, war bei vielen Bodybuildern und
Fitnessfreaks sehr beliebt gewesen.

Jeder von ihnen wollte seine Muskeln dort der ganzen Welt präsentieren und sich zur Schau stellen. Sie wollten alle, Dank ihrer Muskeln, angejubelt und angehimmelt werden. Sie liebten es im Rampenlicht zu stehen und von allen bewundert zu werden.

Und je mehr Muskeln sie hatten, je größer sie waren, umso mehr Ansehen konnten sie dadurch erlangen. Sämtliche dieser Bodybuilder hatten daher auch oft untereinader konkurriert und wollten sich gegenseitig übertrumpfen.

Einer, der stets der beste von allen sein und die gesamte Aufmerksamkeit auf sich lenken wollte, war der aus Kalifornien stammende junge Bodybuilder Dylan Baker.

Dylan war Anfang Dreißig gewesen und trainierte bereits seit er Zwölf Jahre alt war mit Hanteln und schweren Gewichten. Er achtete immer auf seine Fitness und sorgte sich sehr um seinen muskulösen Körperbau.

Anfangs gehörte Dylan zu den bekanntesten und

zu den beliebtesten auf dem Muscle Beach, doch seit einiger Zeit, nachdem sich die Shows auf dem Muscle Beach in Santa Monica herumgesprochen hatten, hatte es viele Interessenten dorthin gezogen.

Plötzlich waren Bodybuilder aus der ganzen Welt gekommen, die sich und ihre stählernen Körper dort präsentieren wollten.

Schnell geriet Dylan Baker in Vergessenheit und wurde nicht mehr mit der selben Begeisterung von den Besucherinnen und Besuchern behandelt, wie zu Beginn.

Denn, unter den neuen Bodybuildern waren welche dabei gewesen, deren Körper für viel mehr Aufmerksamkeit gesorgt hatten, als der von Dylan Baker.

Vor allem beherrschten einige von ihnen bessere Showeinlagen mit denen sie ihre prächtigen Muskeln viel besser zur Schau stellen konnten als er.

Da Dylan Baker sich all das nicht länger gefallen lassen und wieder ganz oben stehen und alle Blicke auf sich ziehen wollte, hatte er beschlossen einige illegale Maßnahmen dafür zu ergreifen.

Vor einiger Zeit hatte Dylan von einem Freund erfahren, dass ein fremder Mann, der es bevorzugte Anonym zu bleiben, ein illegales Geschäft betrieb. Dieser Mann, der seinen Namen niemals nannte, war nicht einfach zu finden gewesen. Nur über gewisse zwielichtige Kontakte konnte man ihn erreichen. Laut Dylan's Freund, war er in der Lage gewesen einfach alles, was man haben wollte, zu besorgen.

Wo sich Anfangs Dylan sowohl von derartigen Typen, als auch vom illegalen Geschäft immer ferngehalten hatte, war vor Eifersucht geblendet gewesen, weswegen er nun unbedingt Kontakt zu diesem mysteriösen Mann herstellen wollte.

Nachdem er den Kontakt nach vielen Tagen und unter sehr schweren Konditionen hergestellt hatte, stand er nun spät in der Nacht, in einem leicht verdunkelten Raum Angesicht zu Angesicht mit dem finsteren Mann, der stets unbekannt bleiben wollte. Er hate einen schwarzen Mantel sowie einen schwarzen Hut auf. Sein Gesicht war von einer Halbmaske verdeckt gewesen, sodass Dylan nur seine Augen sehen konnte.

Der Mann hatte eine sehr düstere und tiefe Stimme stellte Dylan fest, nachdem er zu sprechen angefangen hatte.

Dylan hatte bereits durch die Zwischenmänner, die ebenfalls sehr zwielichtig waren und ausgesehen hatten, als gehörten sie zu einer Mafia, den unbekannten Mann wissen lassen, was er von ihm haben wollte, sodass der von oben bis unten dunkel verkleidete Mann die Ware besorgt hatte.

Dylan hatte nämlich nach einem Mittel verlangt, mit dem er seine Muskeln in kürzester Zeit wachsen und größer werden lassen konnte. Anabolika oder sonstige Aufputschmittel, die er überall bekommen konnte, wollte er nicht. Er wollte etwas, das eine viel bessere, aber vor allem eine schnelle Wirkung erzielen konnte.

Denn schließlich wollte Dylan Baker in kürzester Zeit mit seinen Muskeln und seinem durchtrainierten Körper wieder ganz weit oben stehen und mit ihnen, vor allem bei den Frauen, angeben. Die Frauen sollten ihn anhimmeln, während die Männer vor Neid erblassten. Genau das wollte er, als er bei dem unbekannten Mann nach dem Mittel angefragt hatte.

Und genau ein solches Mittel hatte ihm der unbekannte Mann auch besorgt. Ein Mittel namens Devil's Powder. Er hatte ihm versprochen, dass seine Muskeln, sofort nach der Einnahme, sichtbar wachsen würden. Er würde dadurch einen viel besseren und stärkeren Körper besitzen. Dylan musste nichts weiter tun, als den Pulver in einem Glas aufzulösen und zu trinken. Danach würde er schon zu wirken anfangen.

Dylan überlegte nicht lange und vertraute dem unbekannten Mann bezüglich dem Devil's Powder.

Er bezahlte ihm dafür eine hohe Summe und ging zurück nach Hause.

Bevor er ging wollte er von dem unbekannten Mann wissen, ob er ihn wieder kontaktieren könnte, wenn er wieder etwas brauchen sollte.

Doch der mysteriöse Mann enttäuschte ihn mit seiner Antwort, indem er zu Dylan gesagt hatte, dass er seine Kunden immer nur einmal trifft.

Dylan war zwar darüber nicht besonders erfreut gewesen, doch irgendwie war es ihm auch egal gewesen. Er hatte schließlich das, was er haben wollte und konnte es kaum erwarten das Pulver zu trinken.

So wie Dylan Zuhause angekommen war, holte er sofort ein Trinkglas von seinem Küchenregal hinunter, füllte Wasser hinein und mischte ein Esslöffel vom Devil's Powder hinein. Sowie sich das rote Pulver aufgelöst hatte, trank Dylan es auf einem Hieb. Er hatte es einfach nicht bis zum nächsten Tag ausgehalten und musste jetzt schon die Wirkung des Pulvers spüren.

Nach nur wenigen Sekunden konnte Dylan auch tatsächlich die Wirkung des Pulvers spüren. Der mysteriöse Mann hatte nicht gelogen. Das Pulver hielt, was es versprach und erzeugte ein sehr gutes Gefühl bei Dylan, während er seine Muskeln am gesamten Körper wachsen sah.

Doch irgendetwas schien nicht zu stimmen. Dylan's Muskeln hörten nicht zu wachsen auf. Sie wurden immer größer und größer. In nur kürzester Zeit war sein gesamter Körper von Muskeln geschwollen gewesen.

In der Wachstum hörte einfach nicht auf. Dylan erlitt Qualen. Es fügte ihm höllische Schmerzen zu. Es gab nichts, was er noch dagegen unternehmen konnte. Er war nicht einmal mehr in der Lage gewesen sich zu bewegen. Sämtliche seiner Muskeln sahen deformiert aus, während sie weiter wuchsen. Sein Körper begann von dem ganzen Druck rot anzulaufen. Dylan schrie und schrie. Und irgendwann, nach quälenden sechs Minuten, explodierte Dylan's mächtig angeschwollener und muskulöser Körper wie ein Luftballon, den man mit Wasser voll aufgefüllt hatte. Fleischfetzen und Blut klebten überall in seiner Wohnung. Auf sämtlichen Wänden waren Teile seines Eingeweides draufgeklatscht, die langsam Richtung Boden hinunterrutschten.

Es war wie ein Gemetzel. Ein reines Blutbad.

Kurz nach seiner Explosion ertönte ein sehr tiefes und dunkles Gelächter in seiner Wohnung aus. Nachdem es sich ausgelacht hatte, war es wieder vollkommen still geworden. Und gemeinsam mit dem teuflischen Lachen war auch der Rest vom Devil's Powder auf eine mysteriöse Weise verschwunden.

HAPPY KILLDAY!

Die Familie Cunningham in Kentucky, USA, feierte jedes Jahr ein ganz besonderes Fest, das sie sich selbst ausgedacht und zu einer Tradition gemacht hatte.

So wie jedes Jahr, hatten sie auch dieses Mal die ganzen Verwandten und Familienangehörigen zu sich eingeladen.

Es sollte wieder eine ganz große Familienfete werden bei der Jung und Alt miteinander sehr viel Spaß haben konnten.

Im großen Hintergarten der Familie Cunningham stand der Grill schon bereit. Ganz eindeutig würde es wieder jede Menge Grillfleisch und saftige Burger geben. Dazu ganze Fässer voll Bier, die sie an ihre eigenen Zapfsäulen angeschlossen hatten. Für Kinder gab es zudem noch jede Menge an Fruchtsäften und sonstigen Limonaden, die die Kühlschränke bis oben hin überfüllt hatten.

Das besondere und große Familienfest, das die Familie Cunningham zusammen mit ihren Lieben feierte, war der sogenannte Killday. Der Oberhaupt der Familie, Charles Cunningham hatte sich den Namen einfallen lassen.

Der spezielle Familienfeiertag hieß daher Killday, weil die Familie, bei der sämtliche Familienangehörige, selbst die Kinder, pure Kannibalen waren, an diesem besonderen Tag, einen zufällig entführten Menschen frisch abschlachteten. Und der Tag hatte an jenem Tag noch einen ganz besonderen Grund zur Feier gehabt.

Marvin Cunningham, der zweitälteste Sohn der Familie, war vergangenen Monat 18 Jahre alt geworden und zu diesem Anlass wurde zugleich dessen Geburtstag gefeiert.

Doch das Besondere daran war, dass Marvin, da er nun achtzehn geworden war, seinen ersten Menschen töten und später beim Tisch dessen Fleisch auch tranchieren durfte. So war nämlich der Brauch der Familie Cunningham bei diesem Fest gewesen.

Ab 18 Jahren durfte man zum ersten Mal selbst einen Menschen töten.

Da Marvin's achtzehnter Geburtstag mehr oder weniger zum Familienfest Killday fiel, wurde ihm diese besondere Ehre zugeteilt.

Sein Vater Charles war sehr stolz darüber gewesen, dass nun sein zweitältester seinen ersten Menschen töten durfte. Er war zu Tränen gerührt gewesen.

Daher war Charles persönlich auf die Jagd gezogen, um für seinen Sohn einen ganz besonderen Menschen entführen zu können.

Schließlich würde es Marvin's erstes Mal werden.
Das erste Mal war immer etwas besonderes und
heiliges für die Familie gewesen.
Und der mit Stolz erfüllte Vater Charles
Cunningham war mit voller Begeisterung und
Freude losgezogen.
Für seinen Sohn hatte sich Charles für einen
gleichaltrigen jungen Mann entschieden, den er
durch die Freundeskreise von Marvin gekannt
hatte. Es handelte sich dabei um den ebenso
achtzehnjährigen Jonathan Warren mit dem
Marvin nicht viel Kontakt hatte. Sie kannten sich
lediglich vom Sehen und waren im selben
Schachkurs der Schule, die sie beide besuchten.
Als Jonathan von Marvin's Vater Charles mit
festgebundenen Armen und Beinen sowie fest
mit einem Paketband abgeklebtem Mund in den
Garten gezerrt und der gesamten Familie sowie
auch den Gästen präsentiert worden war, konnte
man die pure Angst, die Jonathan zu diesem
Zeitpunkt empfunden hatte, deutlich sehen. Er
hatte Marvin erkannt und versuchte mit all seiner
Kraft durch das Paketband um sein Mund, um
Hilfe zu bitten.
Doch alles was zu hören war, waren nur
irgendwelche unverständlichen winselnden
Geräusche, denen keiner der Anwesenden
Aufmerksamkeit schenkte.
Nach einer kurzen und mit stolzerfüllten Rede
vom Familienoberhaupt Charles Cunningham,

bat er auch Marvin darum einige Worte zu dem Fest auszusprechen.

Mit einem großen Lachen und einer großer Freude hatte Marvin das Wort übernommen. >>*Vielen Dank, dass ihr auch dieses Jahr so zahlreich erschienen seid und mit uns gemeinsam unser Familienfest, Killday, feiert! Ich möchte auch einen ganz besonderen Dank an mein Vater aussprechen, der für mich das heutige Hauptgericht ausgesucht und mitgenommen hat! Ich bin mir absolut sicher, dass sein zartes Fleisch ganz köstlich schmecken wird. In diesem Sinne wünsche ich allen Anwesenden Mahlzeit und viel Spaß! Happy Killday Freunde!*<<

Nach seiner Rede brachen alle Anwesenden in großem Jubel aus, während der geschockte Jonathan, der alles mitangehört hatte, in unaufhörlichen Tränen ausgebrochen war. Durch seinen abgeklebten Mund, wirkte sein Weinen und sein Schluchzen so, als hätte er ein Schluckauf gehabt. Er hatte höllische Angst und wusste nicht wie er sich befreien und entkommen sollte. Jegliche Versuche waren sinnlos gewesen. Und Jonathan's Angst stieg noch weiter in die Höhe, als er gesehen hatte, wie Charles seinem Sohn Marvin ein scharfes und großes Fleischmesser in die Hand gedrückt hatte. Mit genau diesem Messer sollte Marvin den ersten Schnitt machen und so das Festmahl für alle freigeben.

171

Während Marvin, das große und scharfe
Fleischmesser in seiner Hand haltend, sich immer
mehr zu Jonathan näherte, wuchs auch die Angst
in Jonathan immer mehr heran.
Er konnte schon ahnen, was Marvin mit dem
Messer vorhaben würde. Und dieser Gedanke
gefiel ihm absolut nicht.
Charles hat mit ein wenig Mühe Jonathan dazu
gebracht sich, mit der Brust voran, auf die Wiese
zu legen.
Die ganze Zeit über hielt Charles ihn ganz fest
bis sein Sohn Marvin ihm den Gnadenstoß
verpasst hatte.
Jonathan zappelte am Boden wie ein Schaf, das
kurz vor seiner Schlachtung stand.
Nun stand Marvin, der sich mit halb geöffneten
Beinen hinter Jonathan begeben hatte, direkt über
ihm.
Er beugte sich langsam hinunter und griff mit
seiner freien Hand nach Jonathan's Haaren.
Marvin zog Jonathan's Kopf nach hinten und
straffte dadurch dessen Hals. Die kalte und
scharfe Klinge seines Fleischmessers, das er in
der anderen Hand hielt, drückte er nun an
Jonathan's Kehle. Die ganze Zeit über hatte er
ein Grinsen im Gesicht und in seinen Augen
konnte man deutlich erkennen, dass er schon
lange auf diesen Tag, auf diesen Moment
gewartet hatte.
Er tauschte einen kurzen Blick mit seinem Vater

aus, sprach die Worte >>*Happy Killday!*<< aus und mit einer schnellen Handbewegung schnitt er Jonathan den Hals auf.

Sie ließen ihn ein wenig ausbluten, bevor Charles dessen Leiche mit in die Küche nehmen und in einzelne Stücke zerteilen würde, um ihn anschließend den Gästen als das große Festmahl zu servieren.

Als es soweit gewesen war, brachten Marvin's Eltern ganz stolz das fertig zubereitete Fleisch auf den Tisch. Die Arme, die Beine und der Kopf waren abgetrennt gewesen. Diese wurden zu Burgern und sonstigem verarbeitet. Nur der Torso von Jonathan wurde an der Brust aufgeschlitzt und mit einer speziellen Füllung von Marvin's Mutter gefüllt gewesen. So wie es Brauch war, würde Marvin das Fleisch tranchieren und es den hungrigen Gästen servieren.

Marvin's Mutter brachte zu dem noch paniertes Fleisch, das einige Stunden zuvor Jonathans Arme und Hände gewesen war, zum Tisch, woraufhin Marvin ganz belustigt und mit herzhaftem Lachen folgendes gesagt hatte. >>*Hey! Wer möchte noch etwas vom Kentucky Fried Human?*<<

Hinterher brachen alle in lautem Gelächter aus, während sie appetitlich zu essen begonnen hatten.

DAS SCHWEBENDE GESICHT

Cataleya lebte in Colima, Mexiko. Sie war erst
kürzlich verwitwet gewesen und lebte ganz
alleine in ihrem kleinen und bescheidenen Haus.
Ihr Ehemann, Osvaldo, kam bei einem brutalen
Raubüberfall ums Leben. Er war als Wachmann
in einer Bank tätig und starb, während er
versucht hatte die Täter aufzuhalten und alle
anderen in Sicherheit zu bringen.
Die seelischen Schmerzen und Wunden von
Cataleya waren noch ganz frisch und sie trauerte
immer noch nach ihrem verstorbenen Ehemann.
Dieser tragischer und plötzlicher Verlust würde
sie wohl noch länger belasten.
Die sonst immer fröhliche Cataleya war auf
einmal ruhig und traurig gewesen. Sie aß noch
kaum etwas, sie ging nicht oft hinaus, sie traf
sich nicht mehr so soft mit ihren Freundinnen
und sie konnte auch nicht mehr gut schlafen.
Die Schlafstörungen hatten jedoch weniger mit
dem Tod ihres geliebten Ehemannes Osvaldo zu
tun gehabt.
Denn, kurz nach seinem Tod, fing Cataleya an
jede Nacht ein Gesicht zu sehen, das direkt über
ihrem Bett schwebte und sie anstarrte.
Und, obwohl das Gesicht wie das ihres
verstorbenen Mannes aussah, wusste sie, dass es

nicht er gewesen war, der jede Nacht über ihrem Bett wachte. Anfangs dachte Cataleya, dass sie es sich nur einbilden würde, weil sie Osvaldo sehr vermisste. Doch, nachdem das schwebende Gesicht ihr jede Nacht erschienen war, wusste sie, dass es nicht nur eine harmlose Einbildung gewesen war.

Irgendetwas Böses spielte ihr einen Streich. Versuchte ihr Angst zu machen. Doch, wieso es dabei wie ihr Ehemann aussehen musste, konnte sie sich nicht erklären. In der Nacht folgte es ihr in ihrem Haus überall hin. Wenn sie mal in die Küche musste, um ein Glas Wasser zu trinken, war das schwebende Gesicht auch dort. Wenn sie mal ins Badezimmer gehen musste, um sich zu erleichtern, erschien ihr das Gesicht auch dort. Es schien ihr auf Schritt und Tritt überall hin zu folgen und ließ sie nicht aus seinen geisterhaften Augen.

Gegen Sonnenaufgang verschwand es immer und tauchte nach Mitternacht wieder auf.

Cataleya hatte niemandem etwas davon erzählt, weil sie nicht für verrückt gehalten werden wollte. Versuche mit ihrer Handykamera ein Video davon zu machen, gelang ihr auch nicht, weil das Gesicht auf den Videoaufnahmen nicht zu sehen war.

Selbst bei aufgedrehtem Licht konnte sie nicht gut schlafen, weil das Gesicht dennoch erschien und über ihrem Bett schwebte, währed es sie anstarrte.

Jegliche Versuche der Kommunikation zwischen ihr und dem geisterhaften Gesicht waren gescheitert.

Cataleya hatte keine Ahnung, wieso es plötzlich aufgetaucht war und was es von wir wollte. Schließlich hatte sie sich dazu entschlossen wegzuziehen.

Doch selbst in ihrem neuen Zuhause ließ das schwebende Gesicht sie nicht in Ruhe und tauchte weiterhin jede Nacht in ihrem Schlafzimmer auf nur um sie schweigend anzustarren.

BEZAUBERNDE LIPPEN

In Olmütz, Tschechien, lebte ein Mann, der wie verrückt besessen von schönen Lippen war. Sein Name war Dobroslav Fišer und er hatte eine ganze Kollektion an Lippen, die er im Laufe der Jahre gesammelt hatte. Jedes Mal, wenn er einen Menschen, ganz egal, ob Mann oder Frau, gesehen hatte, die oder der bezaubernde beziehungsweise schöne Lippen hatte, die ihm gefielen, hatte er diese Person umgebracht und ihr die Lippen vom Gesicht abgeschnitten.
Mittlerweile hatte er ein ganzes Regal voller Lippen, die er sowohl Einheimischen, als auch Touristen abgeschnitten und in speziellen Gläsern aufbewahrt hatte.
Die Polizei hatte den Lippenmörder, so nannten sie ihn, zwar nicht fassen können, aber sie arbeiteten Tag und Nacht, um den gefährlichen Serienmörder aufzuhalten.
Dobroslav war stolz auf seine kuriose Sammlung gewesen. Er besaß unterschiedliche Menschen, die aus unterschiedlicher Herkunft stammten.
Er liebte seine Lippensammlung so sehr, dass er sogar hin und wieder die Gläser, in denen sich die menschlichen Lippen

befanden, nahm und so tat, als würde er mit ihnen knutschen.

Dobroslav hatte schon immer eine gewisse Schwäche für schöne Lippen gehabt. Bereits in seiner Jugend biss er in die Lippen seiner Freundinnen hinein, weil er sie so schön und bezaubernd gefunden hatte. Dies war mitunter eines der Hauptgründe, wieso sie ihn verlassen hatten. Schließlich, als er zu einem richtigen Mann herangewachsen war, wurde seine besessene Leidenschaft zu Lippen ausgeprägter, sodass er den Drang verspürt hatte, sie besitzen zu müssen. All diese wunderschönen Lippen mussten ihm gehören. Ganz egal, ob von Frauen oder von Männern, sämtliche Lippen, die er anziehend fand, musste er in seine Sammlung hinzufügen.

Und während Dobroslov ganz unbemerkt weiterhin Ausschau nach hübschen Lippen hielt, um seine Sammlung zu erweitern, hielt die Polizei in Tschechien Ausschau nach dem Lippenmörder.

DAS KREMATORIUM

In einer schwedischen Stadt befand sich ein
Krematorium, dessen Personal für eine
äußerst strenggeheime Organisation arbeitete,
die an einem geheimen Ort, geheime Treffen
organisierte.
Die Mitglieder dieser Organisation, deren
Identität auf keinen Fall nach Außen
hervordringen durfte, um ihrem Image, das
sie der Welt vorspielten, nicht zu schaden,
nannten sich die Besseren.
Die Besseren huldigten einem dämonischen
Wesen, der ihnen viel mehr Macht und
Ruhm versprochen hatte, wenn sie seinem
dunklen Pfad folgen würden. Daher waren es
oft Mitglieder, die sehr stark in der Politik,
im Fernsehen, in Filmen, in den Medien,
diversen autoritären Einrichtungen oder als
wohlhabende Konzern- und
Unternehmensgründer, tätig gewesen waren.
Sie waren allesamt reiche und mächtige
Personen, die aus aller Welt stammten und
sich von Mal zur Mal in ihrem schwedischen
Geheimversteck versammelten, um diverse
Konferenzen abzuhalten oder widerliche
Party's zu schmeißen.

Sie nannten sich daher die Besseren, weil sie
sich selbst, aufgrund ihren Funktionen und
Positionen in der Gesellschaft und all ihrem
Geld, mächtiger und somit besser vorkamen,
als die restliche Bevölkerung in der Welt.
Darauf waren sie ganz stolz gewesen. Sie
wurden dadurch von der Masse abgehoben
und gehörten zu einer Kategorie der Elite an.
Der Dämon, den sie Zerateph nannten,
machte sie, aufgrund ihrer Treue und ihrer
Liebe ihm gegenüber, noch reicher und
mächtiger, sofern sie ihm gehorchten und
alles taten, was er von ihnen verlangte.
Zerateph war ein sehr mächtiger und
einflussreicher Dämon, der fünf Meter groß
war und eine sehr muskulöse Körperstatur
hatte. Seine Haut, sowie dessen Farbe
ähnelte dem eines Menschen, jedoch hatte
sie an gewissen Stellen Schuppen, ähnlich
wie sie bei den Reptilien vorkamen. Aus
seinem kahlen Kopf ragten seitlich, jeweils
zwei gleichgroße und sehr spitze Hörner
heraus. Seine gesamte Flügelspannweite
betrug ganze zehn Meter, wenn er sie
komplett ausstreckte. Sie glichen den
Flügeln eines Pteranodon. Zerateph besaß
jeweils fünf Finger und fünf Zehen mit sehr
spitzen und scharfen Krallen, jedoch
ähnelten seine Hände und Füße, den Pfoten
eines Greifs, den man als Fabelwesen aus

Sagen kannte. Nur, dass sie bei Zerateph viel ausgeprägter waren, sodass sie denen von Menschen glichen. Sein Gesicht wirkte wie eine Mischung aus Mensch und Eule. Es war leicht flach und ein wenig nach innen gedrückt.

Über seinem Gesäß ragte ein acht Meter langer haariger Schwanz mit kurzen, aber sehr spitzen Stacheln heraus.

Die Menschen, die er unter seiner Kontrolle hatte, konnte er je nach belieben ausnutzen. So verlangte er von ihnen zum Beispiel, dass sie ihm viele Kreuzotter bringen, die er verspeisen konnte. Er liebte es aber auch, dass seine Untertanen, ihm zu ehren, eine Party schmissen, bei der sie Menschen verspeisten. Meist handelte es sich dabei um die Konkurrenz aus der Politikszene, die gewisse Politikerinnen und Politiker aus dem Weg räumen wollten, weil sie ihre Pläne durchkreuzten.

Es waren aber auch welche aus der Presse dabei, die gewisse Wahrheiten über gewisse Prominente aufdeckten, die jedoch im Verborgenen bleiben sollten. Hinzu kamen auch Personen aus dem Rechtssystem, wie Anwälte, Richter oder auch Polizisten, die allesamt, in der zivilen Welt, nicht im Sinne all dieser Mitglieder der Besseren Organisation handelten und gegen sie aussprachen.

In der zivilen Welt konnten sie nicht viel anrichten, aber im Kreise ihres Geheimbundes konnten sie dafür sehr viel anrichten, ohne, dass die Welt jemals erfahren würde, dass sie dahinter steckten. Zu den erwähnten Party's gehörte also auch Kannibalismus dazu. Um diesem Fest einen besonderen Glanz zu verleihen, hatten sie das Partnerkrematorium damit beauftragt, die Gesichter von den Toten abzuschneiden und sie alle an die Mitglieder der Organisation abzugeben, bevor sie die Leichen verbrannten.

Die Angehörigen würden niemals erfahren, dass die Gesichter ihrer toten Freunde und Verwandten gestohlen wurden, weil diese verbrannt und eingeäschert wurden.

Die Gesichter trugen die Mitglieder der Geheimorganisation bei ihren kannibalischen Festen selbst als Masken. Sie tanzten, lachten und hatten viel Spaß, während sie die ganze Zeit über die Gesichter von toten Menschen auf ihren eigenen Gesichtern getragen hatten. Und am Ende des Festes, wurden die menschlichen Gesichtsmasken allesamt in ein Fleischwolf geworfen, sodass sich die Mitglieder der Geheimorganisation, genannt die Besseren, zum Abschluss noch ein wenig faschiertes Fleisch mit nach Hause nehmen konnten.

Und je länger sie dazu gehörten, umso gieriger und hungriger wurden sie auf Macht, Ruhm und Reichtum.

AUF EWIG!

Oskar Virant lebte in Podravska, Slowenien, und war bereits seit einer längeren Zeit in die Mitarbeiterin der Bäckereistube verliebt, die er täglich besuchte.

Die junge Dame, die Oskar so sehr anhimmelte, hieß Ema und war in den Ende Zwanzigern.

Oskar war um einige Jahre älter als sie, weswegen er sich nie getraut hatte sie auf dem direkten Wege anzusprechen beziehungsweise sich gegenüber Ema zu öffen und ihr seine wahren Gefühle zu beichten.

Er hatte es zwar immer wieder versucht, aber letzendlich brachte er nicht den Mut zusammen, um Ema anzusprechen und auf ein Kaffee einzuladen. Er hatte viel zu sehr Angst davor abgelehnt zu werden. In diesem Fall würde er sie auch nicht mehr in der Bäckerei sehen können, weil er sich nie wieder dorthin trauen würde.

Oskar war verzweifelt, wusste jedoch auch, dass das so nicht länger weitergehen konnte.

Schließlich hatte er eines Tages all sein Mut zusammen gefasst und sich ein weiteres Mal auf den Weg in die Bäckerei gemacht. Er wollte Ema unbedingt seine wahren Gefühle, die er für sie empfand, offenbaren.

Bereits seit dem ersten Tag an, an dem er ihr begegnet war, hatte Oskar sich eine ganze gemeinsame Zukunft mit Ema ausgedacht. Immer wieder dachte er darüber nach, welch ein gutes Paar sie abgeben würden und wie schön ihre Beziehung laufen würde. Oskar wollte nichts anderes lieber, als den Rest seines Leben mit der jungen und schönen Ema zu verbringen.

Doch an jenem Tag, als er endlich den Mut aufgebracht hatte, Ema seine große Liebe zu gestehen, sah er, wie sie mit einem anderen jungen Mann in der Bäckerei lachte. Der junge Mann schien ein gewöhnlicher Kunde zu sein, aber er brachte anscheinend Ema zum Lachen und so wie es ausgesehen hatte, flirtete er auch noch mit ihr.

Das hatte Oskar äußerst wütend gemacht und ihn zutiefst verärgert, woraufhin er sich von seiner eigentlichen Absicht, Ema anzusprechen, verabschiedet hatte.

Da Oskar eine äußerst eifersüchtige, aber auch eine rachsüchtige Person war, konnte er die Sympathie zwischen Ema und dem Fremden auf gar keinen Fall dulden. Ema musste ihm gehören. Kein anderer Mann durfte sich eine solche Frechheit erlauben. Sie gehörte ihm. Und zwar für immer und ewig. Sie wusste es zwar bislang noch nicht, aber sie würde es schon sehr bald erfahren.

Doch bis es soweit gewesen war, hatte Oskar

noch eine kleine, aber blutige Angelegenheit zu klären.

Wer auch immer dieser fremde junge Mann gewesen war, er musste von der Bildfläche verschwinden. Weder er oder sonst noch ein anderer durfte mit Ema so sehr lachen. Das war einzig und allein das Recht von Oskar gewesen, war er der absoluten Meinung.

Also hatte Oskar den jungen Mann, nachdem dieser die Bäckerei verlassen hatte, bis zu ihm nach Hause gefolgt. Nachdem Oskar nun herausgefunden hatte, wo der junge Mann wohnte, würde er zu einem späteren Zeitpunkt erneut kommen. Doch dieses Mal vorbereitet.

Noch in der selben Nacht stand Oskar, getrieben von Eifersucht und Hass, erneut vor der Haustür des jungen Mannes, der es gewagt hatte mit seiner Ema zu flirten und zu lachen.

Mit Handschuhen, dem nötigen Werkzeug und der späteren Tatwaffe, ein Klappmesser, war er in das Haus des jungen Mannes eingebrochen. So wie er drinnen gewesen war, hatte sich Oskar, nur für den Fall, falls sein Plan schief gehen sollte, sich eine Maske über den Kopf gezogen. Mit langsamen Schritten schlich er im ganzen Haus Zimmer für Zimmer umher und suchte den jungen Mann.

Schließlich hatte er ihn im Schlafzimmer vorgefunden. Er schlief tief und fest und hatte keine Ahnung davon gehabt, welch ein schreckliches Unheil über ihn kommen würde. Ohne lange darüber nachzudenken, klappte Oskar sein Messer auf und stach mehrmals auf den schlafenden jungen Mann ein bis dieser schließlich gestorben war. Das gesamte Bett war von seinem Blut überflutet gewesen, sodass noch mehr Blut auf den Boden tropfte und dadurch sich eine Lache bildete.

Nach dem Mord klappte Oskar sein Messer wieder ein und schlich unbemerkt aus dem Haus hinaus und verschwand in der Dunkelheit der Nacht.

Noch am nächsten Tag besuchte er die Bäckerei, als wäre nichts gewesen. Als hätte er wenige Stunden zuvor keinen Mord begangen.

Auch an diesem Tag war Oskar fest davon entschlossen Ema seine Liebe zu gestehen. Sogar vielmehr, als am Vortag. Denn er hatte wieder Bedenken, dass sich ein anderer Mann für Ema interessieren könnte.

Noch hatte niemand von dem Mord, der letzte Nacht stattgefunden hatte, etwas mitbekommen. Noch war es still gewesen.

Oskar nutzte diesmal seine Chance und sprach Ema endlich an. Zu seiner eigenen Überraschung wirkte er dabei sehr selbstbewusst. Er stellte sich offiziell vor und erzählte von seinen Gefühlen, die er für sie hegte. Gleich darauf hatte er sie auf eine Tasse Kaffee eingeladen.

Doch zu seinem Bedauern wurde er von Ema

eiskalt abserviert. Sie hatte seine Gefühle nicht erwidert. Ganz im Gegenteil. Sie war ein wenig erbost über ein solch unverschämtes Angebot gewesen, das von einem Mann kam, der in seinen Anfang Vierzigern gewesen war.

Abgesehen davon wäre er überhaupt nicht ihr Typ gewesen, ließ sie nebenbei vermerken.

Danach hatte sie ihn gebeten zu gehen.

Oskar war wie von einem LKW überfahren gewesen. Er hatte das Gefühl, als hätte ihm ein ausgewachsener Braunbär einen ordentlichen rechten Haken verpasst.

Eine solche Ablehnung hatte er absolut nicht erwartet.

Oskar war wütend und traurig zugleich gewesen. In nur einem Moment, waren alle seine Träume, alle seiner Zukunftspläne geplatzt gewesen.

Doch Oskar wollte das so nicht hinnehmen. Er wollte und konnte eine solche Ablehnung nicht akzeptieren. Er war der Meinung gewesen, dass, wenn er Ema nicht haben konnte, dass niemand sie haben durfte.

Also schmiedete er bereits seinen nächsten Mordplan.

Da er wusste, wann Ema immer Schluss machte, wartete er eines Tages darauf bis der Laden leer war und sämtliche Kunden sich weit entfernt hatten.

Als Ema gerade dabei gewesen war, die Ladentür zuzusperren, um gleich danach die Abrechnung zu machen, wurde sie von Oskar überwältigt. Er platzte hinein und drückte Ema, mitsamt der Tür, ohne viel Kraftaufwand, nach hinten. Ema verlor dabei das Gleichgewicht und wäre beinahe gestürzt.

Zu ihrem Pech, waren in der Bäckerei keine Videokameras, die die gesamte Tat hätten aufzeichnen können.

Das wiederum kam Oskar sehr gelegen, weswegen es ihm nichts ausgemacht hatte, die schreckliche Tat direkt in der Bäckerei zu vollbringen.

Die erschrockene Ema versuchte mit all ihrer Kraft Oskar aus dem Laden hinauszuwerfen. Doch sie war nicht stark genug gewesen. Oskar war weitaus kräftiger als sie.

Als Ema kurz davor gewesen war nach Hilfe zu schreien, konnte Oskar sie überwältigen, indem er sie zu Boden geworfen und sich direkt auf sie gestürzt hatte. Er hielt ihr den Mund ganz fest zu, während er ihr gesagt hatte, dass er ein Nein von ihr nicht akzeptiert und, dass sie für immer und ewig ihm gehören werde. Er sagte ihr, dass sie für ewig bei ihm bleiben würde.

Noch bevor Ema all das krankhafte Geschwafel, den Oskar von sich gegeben hatte, verarbeiten konnte, zückte Oskar das selbe Klappmesser hervor, mit dem er den jungen Mann ermordet hatte und stach es auch Ema mehrmals in den Oberkörper ein. Wild und unaufhörlich hatte er immer wieder das Messer in ihren zarten Körper eingestochen bis sie gestorben war.

Nachdem er Ema's Tot festgestellt hatte, riss er ihr die Bluse auf und schnitt ihr ein Teil ihrer Haut heraus. Es war ungefähr so groß wie eine Kreditkarte gewesen.

Später, nachdem er erneut unentdeckt vom Tatort fliehen konnte und Zuhause angekommen war, zog er sich komplett nackt aus und stellte sich vor dem Spiegel im Badezimmer hin.

Mit dem selben Klappmesser, mit das er zwei Menschen umgebracht hatte, schnitt er sich an genau der selben Stelle wie bei Ema, eine ebenso in der Größe einer Kreditkarte, die Haut von seiner Brust ab.

Später nahm er Ema's Hautfetzen zur Hand und nähte es an seine abgeschnitte Stella an.

Nachdem er damit fertig war, betrachtete er mit einer Mischung aus Stolz und Liebe die angenähte Stelle und sagte. >>*Jetzt sind wir für ewig zusammen meine Liebe.*<<

DER STIEFVATER

Ethan Boyle war seit seinem fatalen Reitunfall vergangenes Jahr, am gesamten Körper gelähmt und konnte auch nicht sprechen. Er war erst 15 Jahre alt gewesen und seine ganze Zukunft war jetzt schon durch einen sehr unglücklichen Sturz, beim Versuch das erste Mal ein Pferd zu reiten, zerstört worden.

Seither war er auf ein Rollstuhl sowie die ständige Fürsorge und Pflege seiner alleinstehenden Mutter gewesen. Nur zwei Jahre vor seinem Reitunfall hatte Ethan seinen leiblichen Vater bei einem Autounfall verloren. Sowohl für ihn als auch für seine Mutter waren es sehr tragische sowie sehr harte und schwierige Zeiten gewesen.

Doch immerhin hatte seine Mutter vor knapp einem Jahr einen Mann kennengelernt, in dem sie sich sehr schnell verliebt hatte. Sein Name war Aiden Mclean und er arbeitete als Pfleger im Krankenhaus in Albany, in Westaustralien. Dort lebten sie auch. Anfangs war Aiden der Pfleger und Helfer von Ethan gewesen, der ihn ständig betreute. Eines Tages hatten er und Ethans Mutter Ava ein etwas längeres Gespräch untereinander geführt, das nach und nach zu noch intensiveren Gesprächen zwischen ihnen und letzendlich zu der Ehe geführt hatte.

Ava wusste zwar, dass sie es viellicht mit der Ehe etwas zu schnell angegangen war, aber sie wusste auch, dass sie es nicht länger schaffen würde ganz alleine einem Vollzeitjob hinterherzurennen und gleichzeitig sich um ein pflegebedüftiges Kind zu kümmern. Sie hatte es zwar versucht, doch sie tat sich sehr schwer dabei. Daher war der Zeitpunkt für die Bekanntschaft mit Aiden genau passend gewesen und, weil sie sich auch noch so gut verstanden hatten, hatte sie sich auf eine Ehe mit ihm eingelassen. Ava hatte einfach dringend Hilfe nötig. Abgesehen davon fühlte sie sich seit dem Tod ihres Ehemannes sehr einsam und brauchte ein wenig Zuneigung und jemanden mit dem sie sich über ihren Alltag und über ihre Probleme unterhalten konnte. Aiden war genau der richtige Mann für sie, war sie sich da sicher. Er war hauptberuflich Pfleger, half im Haushalt mit, kümmerte sich um komplizierte Reparaturarbeiten und war zudem ein ausgezeichneter Zuhörer. Doch am aller wichtigsten für Ava war es, dass er für Ethan ein sehr guter Stiefvater werden würde. Ethan war, aufgrund seines aktuellen Gesundheitszustandes zwar nicht in der Lage gewesen Gefühle auszudrücken, aber Ava wusste, oder zumindest hoffte sie es, dass Ethan mit Aiden zufrieden gewesen war und ihn als ein neues

Familienmitglied akzeptierte.

Anfangs lief alles sehr gut ab und Aiden engagierte sich hervorragend sowohl als Ehemann als auch als Stiefvater. Doch schnell stellte sich heraus, dass Aiden gar nicht die Person gewesen war, die er seiner neuen Familie vorgegeben hatte.

Zumindest hatte er sein wahres Gesicht Ethan gezeigt, weil er wusste, dass er ohnehin seiner Mutter nichts davon hätte verraten können.

Ava spielte er nach wie vor den perfekten Mann vor und ließ sie all die Zeit über einfach in dem Glauben.

Doch ihrem Sohn Ethan hatte er seine dunkle und sehr bösartige Seite gezeigt.

Aiden war in Wahrheit nämlich jemand, der sich ganz geschickt an bedürftige, hilflose und alleinstehende Mütter heranmachte, um an ihre Kinder heran kommen zu können. Dies war auch der eigentliche Grund seiner aktuellen Berufswahl gewesen. Als Pfleger war er ständig mit Kindern in Kontakt und konnte so seine dunklen Pläne weiterverfolgen.

Aiden gehörte nämlich einer geheimen Sekte an, die in einer Kirche gewisse bösartige Pläne schmiedeten und eigene böswillige Ziele verfolgten.

Zu einem ihrer teuflischen Rituale gehörte es auch das Blut von Kindern abzunehmen. Sowohl zum selber trinken als auch für den illegalen

Handel mit gewissen anderen Organisation, die ähnliche Ziele verfolgten.

Ein Beutel frisches Kinderblut war bei vielen dieser finsteren Händlern sehr viel Wert gewesen.

So nahm Aiden sein Stiefsohn Ethan jede Woche am Dienstag mit zur Kirche und brachte ihn, durch geheime Gänge und Schächte hinter den inneren Mauern, hinunter in das Versteck bei der sich die Sektenmitglieder versammelten.

Weil er Ethan wöchentlich und auch immer nur einen kleinen Beutel voll Blut abgenommen hatte, fiel seiner Mutter gar nichts auf.

Dieser Prozess und sein Einsatz als unfreiwilliger Blutspender von Ethan, gingen über mehrere Monate so, ohne dass Ava auch nur einen Hauch davon mitbekam. Da sich hauptsächlich Aiden um Ethan kümmerte und ihn auch badete, konnte er Ethan's Stichwunden, die durch die Nadeln bei der Blutabnahme entstanden waren, vor Ava für eine längere Zeit verstecken.

Und während Aiden dies jede Woche mit Ethan tat, tat er es auch parallel mit anderen pflegebedürftigen Kindern, die er zusätzlich im Krankenhaus betreute.

So konnte er sich eine deutlich hohe Summe als Nebenverdienst garantieren.

DAS GEHEIMREZEPT

Das Pharmaunternehmen GenaSix mit Sitz in New York, USA, arbeitete stets im eigenen Interesse. Anstatt richtige Medikamente für die Gesundheit des Volkes zu produzieren, erzeugten sie Produkte, die die Menschen sehr langsam bis gar nicht heilten. GenaSix sorgte nämlich stets dafür, dass sämtliche kranke Menschen nie wirklich genesen konnten. Um das zu bewerkstelligen produzierten die Forscherinnen und Forscher, die bei GenaSix angestellt waren, stets die Krankheit und einige Zeit später, auch das dafür vorgesehene Gegenmittel.
So konnten sie sich ein sicheres Gleichgewicht mit dem Gesundheitszustand ihrer Mitmenschen bewerkstelligen und dabei einen doppelten Gewinn erzielen.
Einige Zeit zuvor begann das Pharmaunternehmen GenaSix an einem neuen Projekt zu arbeiten.
Sie wollten eine Krankheit erschaffen, die bei den Menschen eine Langzeitwirkung erzielen und somit eine Langzeitbehandlung erfordern sollte. Dies sollte ihnen eine ständige und eine sehr hohe Summe an Einnahmen bringen. Mit diesem teuflischen Projekt wollten sie die

gesamte Welt infizieren. Doch vorher mussten sie ihr neues Produkt testen, bevor sie es global einsetzen und jeden damit anstecken konnten. Als Versuchskaninchen hatten sie sich ein weiteres Mal für die Bürgerinnen und Bürger von New York entschieden. Das ahnungslose Volk sollte ein weiteres Mal von dem Pharmaunternehmen GenaSix erbarmungslos vergiftet werden. Wenn ihre Versuche positiv verlaufen würden, würden sie ihre neue Geldquelle sofort auf die gesamte Menschheit loslassen.

Sowie ihre vergangenen Experimente, sollte auch ihr neues Produkt unter strengen Vorschriften vor der gesamten Welt geheim gehalten werden. Denn schließlich gehörte GenaSix zu den Guten, die die Welt heilten und sie besser machten und nicht zu den Bösen, die für viele schwere Krankheiten verantwortlich gewesen waren. GenaSix musste stets einen reinen Namen haben. Jedenfalls hatten die Forscherinnen und Forscher eine neue Krankheit entwickelt, die bei den Menschen eine langhaltende Krankheit auslösen sollte.

Und zwar sollte ihr neuestes Produkt bei den Menschen für ein schnelleres Nierenversagen sorgen, ohne, dass sie auf den Verdacht kommen sollten, dass es an dem neuen Produkt liegen könnte. Auch herkömmliche Ärztinnen und Ärzte, die weltweit eine sehr beträchtliche Summe vom

Pharmaunternehmen ausgezahlt bekamen, sollten bei diesem großen Betrug beziehungsweise dem Verbrechen an der Menschheit mitmachen.

Das Nierenversagen sollte durch diverse Getränke, über einen Getränkeproduzenten mit dem sie ständig kooperierten, auf den Markt gebracht werden. Je mehr Getränke sie damit vergifteten, umso mehr kranke Menschen könnten sie verzeichnen, die auf das, ebenso von ihnen entwickelte, Gegengift angewiesen waren. In all diesen Getränken, die die Menschen tagtäglich konsumierten, wollten die Forscherinnen und Forscher von GenaSix ihre Viren, die sie in ihren Laboren gezüchetet hatten und die sofort nach ihrer Einnahme, die Nieren der Menschen angreifen sollten, freilassen.

Das Heilmittel dazu, das eigentlich kein Heilmittel gewesen war, sondern nur dafür sorgte, dass man nicht sofort an Nierenversagen starb, war auch vor einiger Zeit bereitgestellt worden. Es handelte sich dabei um eine Impfung, die die Betroffenen mit einer Spritze verabreicht bekommen sollten.

Dieses Impfung diente lediglich dazu, das unvermeidliche zu verzögern, sodass das Pharmaunternehmen GenaSix, durch eine Langzeitbehandlung mehr Einnahmen erzielen konnte.

Ihr Geheimrezept bei der Herstellung ihres neuen Produktes, war ein einziger Tropfen Blut von dem Dämon Zerateph gewesen. Sein Blut war äußerst tödlich gewesen, sodass nur ein kleiner Tropfen Blut bereits ausgereicht hatte, um einen Menschen dauerhaft krank zu machen.

Zerateph's Blut in Kombination mit den Laborgezüchteten Viren und sonstigen chemischen sowie konzentrierten Mitteln, die sie ihrer biologischen Waffe beigemischt hatten, sollte dem Unternehmen und allen Beteiligten eine viel bessere finanzielle Zukunft ermöglichen.

So konnten die Reichen noch reicher werden, während die Kranken noch mehr erkrankten.

Da das Pharmaunternehmen im Sinne des Bösen gehandelt hatte, wurde es GenaSix genannt. Gena stand für Gehenna, der lateinische Begriff für Hölle und aus dem Zahlenwort Sechs, bei der die Zahl 6 auf die Zahl des Teufels, bestehend aus drei Sechsern, hindeutete.

DAS ONLINESPIEL

Videospiele waren schon seit Anbeginn unverzichtbare Unterhaltungsprodukte gewesen, die jung und alt in ihren Bann gezogen hatten. Wer einmal damit zum Spielen afing, konnte nur schwer wieder davon ablassen. Man wurde regelrecht süchtig danach.

Doch vor einiger Zeit ging ein Spiel mit dem Titel "Your Turn!", "Du bist dran!", online, das die Kontrolle über sämtliche seiner Spieler nehmen konnte.

Niemand wusste, wer der Entwickler dieses Onlinevideospiels gewesen war, dem man nur durch eine einfache Onlineregistrierung beitreten, ein Avatar erstellen und gleich danach zum Spielen anfangen konnte.

Sämtliche Spielerinnen und Spieler wurden bereits nach nur wenigen Sekunden süchtig danach und wollten immer mehr Zeit vor ihren Computern verbringen. Durch die App konnten sie es auch unterwegs auf ihren Smartgeräten spielen.

Man musste viele kleine Rätsel sowie Aufgaben lösen um das nächste Level zu erreichen.

Niemand wusste, wieviele Leveln es eigentlich gegeben hatte, was wiederum den Drang in ihnen

löste weiterzumachen und das herauszufinden.
Die Leute sprachen nur noch von dem Spiel,
dessen Leveln und über das Weiterkommen. Sie
klassifizierten sich untereinander durch die
Levelanzahl, die sie bereits erreicht hatten. Die
mit den niedrigeren Levelstufen wurden von
denen mit höheren ausgespottet.
Sie stritten miteinander über die mögliche Anzahl
an Leveln, die das Spiel haben soll und dachten
zu glauben, wie es zu Ende gehen würde. Doch
es waren alles nur
leere Spekulationen sowie unnötiger Zeit- und
Nervenraub gewesen.
Schließlich wurden die Rätsel und die Aufgaben
Level für Level schwieriger. Je höheres Level
man erreichte, umso schwieriger wurden die
Aufgaben, die man darin zu lösen hatte. Einige
der Spielerinnen und Spieler drehten dabei
vollkommen durch und wurden richtig aggressiv.
Manche von ihnen, meist Jugendliche, wurden
gewalttätig.
Doch die eigentliche Gewalttätigkeit sollte erst
ab dem Level 20 auftreten.
Bei Level 20 versprach nämlich das Spiel seinen
Spielern, dass sie jemanden, eine zufällig
ausgewählte Person im realen Leben, umbringen
mussten. Ansonsten würden sie nicht
weiterkommen. Das Spiel würde schon wissen,
ob sie dies auch tatsächlich machen würden oder
nicht. Beim Versuch zu schummeln oder das

Spiel irgendwie hereinzulegen oder es einfach so abzubrechen, ohne bis zum letzten Level es durchgespielt zu haben, würde mit deren Tod enden.

Weil einige das für ein Unfug gehalten hatten, hatten sie sich dazu entschlossen mit dem Onlinespiel aufzuhören. Doch kurze Zeit später waren sie alle tatsächlich gestorben. Nachdem sich diese Fälle herumgesprochen hatten, hatten die restlichen Spieler Angst bekommen und waren zum Spielen gezwungen gewesen.

Um am Leben zu bleiben mussten sie es bis zum Ende fertigspielen und dabei, sofern es das Spiel von ihnen verlangte, einige Menschen ermorden.

Kurze Zeit später, nachdem einige bereits Level 20 erreicht hatten, brach ein Chaos in Riad, die Hauptstadt von Saudi-Arabien, aus. Vom Onlinespiel besessene und Mordgierige Menschen überranten die Straßen, um nach ihren Opfern zu suchen. Ein großes Gemätzel war ausgebrochen und die arabische Hauptstadt wurde das Zentrum eines Massakers. Die Menschen waren außer Kontrolle geraten und wollten töten, um selber am Leben bleiben zu können. Sie nahmen auf niemanden Rücksicht und töteten die Person, der sie begegneten ohne weiter nachzudenken.

Diejenigen, die es geschafft hatten mit ihren Morden davonzukommen, konnten ihren Spielstand weiterfortsetzen und in das nächste

Level übergehen. Doch je höher das Level wurde, um so mehr Morde verlangte das Spiel von seinen Spielern.

Niemand war mehr vor irgendjemandem sicher gewesen. Selbst Familienmitglieder wurden mit dem Tode bedroht. Die Stadt drehte völlig durch und das Chaos zog sich über eine längere Zeit hinweg.

DER STUHL

In Südafrika befand sich ein Hotel mit dem Namen The Chair. Den Namen hatte es daher bekommen, weil das beliebte Hotel den Stuhl einer ehemals sehr geliebten afrikanischen Königin namens Malika beherbergte. Es war der Lieblingsstuhl von der Königin, die bereits vor mehreren Jahren gestorben war.

Ganz egal, wohin sie auch reiste, wo sie auch speiste nahm Königin Malika ihren geliebten Stuhl jedes Mal mit auf die Reise. Sie fühlte sich auf dem Stuhl sehr wohl. Der Stuhl wurde von einem Tischler ihrer Zeit speziell für sie hergestellt und als ein Geschenk an sie überreicht worden. Als Dank dafür, dass sie eine so überragende Königin gewesen war.

Und genau dieser Stuhl stand als eine Touristenattraktion in dem Hotel The Chair und wurde den Gästen in einem edel ausgestattetem Raum neben der Rezeption, hinter Absperrkordeln, zur Schau gestellt.

Es war ein wunderschöner und edler Stuhl gewesen, der einer Königin würdig gewesen war. Er war kaum von einem königlichen Thron zu unterscheiden gewesen.

Und, weil es sich um ein solch edles und

einzigartiges Exemplar gehandelt hatte, hatte die Hotelleitung strengstens verboten, sich auf den Stuhl hinzusetzen oder ihn gar zu berühren. Rechts oberhalb an der Wand, vor dem der Stuhl von Königin Malika abgestellt worden war, befand sich auch eine ausdrückliche Hinweistafel. Nur Foto- und Videoaufnahmen vor dem Stuhl beziehungsweise vor den Sicherheitskordeln waren erlaubt gewesen.

Doch eines Tages besuchte ein weiteres Touristenpärchen das Südafrikanische Hotel The Chair und ließ sich für vier Nächte einchecken.

Sie waren aus Marseille, Frankreich, nach Südafrika gereist und wollten sich das Land ansehen.

Bereits nachdem einchecken war dem Paar der besonders schöne und elegante Stuhl, der ehemaligen Königin Malika aufgefallen.

Laurent, der Ehemann von Georgette, fand den Stuhl der Königin besonders anziehend und wollte ihn ein wenig genauer betrachten. Als er die Hinweistafel ignoriert und sich dem Stuhl etwas mehr als erlaubt genähert hatte, wurde er sofort vom Hotelpersonal höflich darauf hingewiesen, ein wenig mehr Abstand zu dem Stuhl zu halten. Man hatte ihm klar gemacht, dass der Stuhl heilig wäre und ihn niemand anfassen geschweige denn darauf sitzen durfte.

Obwohl Laurent den Anweisungen des Hotelpersonals zunächst Folge geleistet hatte, gehörte er nicht zu den Menschen, die sich gerne an Vorschriften hielten.

Er hatte sich jetzt erst recht in den Kopf gesetzt den Stuhl anzufassen und sich sogar darauf hinzusetzen.

Laurent ließ sich einfach von niemandem etwas sagen.

Noch am nächsten Tag, als sich zufällig niemand vom Hotelpersonal in der Nähe befunden hatte, nutzte Laurent die Gelegenheit sich dem königlichen Stuhl ordentlich zu nähern.

Er stieg hinter die Sicherheitskordeln und betrachtete den Stuhl von einer Nähe, die ihm und allen anderen untersagt gewesen war.

Während er den Stuhl aus der Nähe bewunderte, fasste er ihn auch für eine längere Zeit an. Schließlich hatte er sich auch noch darauf hingesetzt. Laurent spürte die Bequemlichkeit des Stuhl sofort. Der Stuhl war viel

gemütlicher als sämtliche andere Stühle gewesen auf denen er sich hingesetzt hatte. Ein wirklich schönes Gefühl. Und, um dem Ganzen die Krönung zu verleihen, machte Laurent einige Selfies von sich, wie er auf dem Stuhl saß. Dabei machte er unterschiedliche Posen.

Weil er so sehr vom Fotomachen abgelenkt worden war, bemerkte er nicht die zwei großen Gestalten, die sich direkt vor ihm hingestellt hatten. Erst, als deren breiter Schatten sein Licht verdunkelten, hatte er sie wahrgenommen.

Laurent war wie vom Blitz getroffen gewesen, als er die zwei Gestalten vor sich stehen gesehen hatte. Als hätte er ein Schlaganfall gehabt.

Nur wenige Minuten danach hatte sich seine Frau Georgette auf die Suche nach ihm gemacht. Sie suchte überall nach ihrem Ehemann. Versuchte ihn telefonisch zu erreichen und fragte auch mehrmals an der Rezeption nach. Doch es war keinerlei eine Spur von ihm vorhanden. Niemand hatte ihn weder gesehen noch wusste jemand, wo er gewesen sein könnte. Als wäre er vom Boden verschluckt gewesen.

Georgette hatte sich sehr große Sorgen um ihren plötzlich verschwundenen Ehemann gemacht, sodass sie letztendlich eine Vermisstenanzeige bei der Polizei gemeldet hatte.

Die Polizei hatte zunächst mit dem Manager des Hotel's Kontakt aufgenommen und sich später die Videoaufzeichnungen angesehen. Vielleicht gäbe es auf den Aufnahmen ein Hinweis darauf, was mit Laurent passiert sein könnte.

Nachdem der Ermittler, gemeinsam mit dem Manager und einem Sicherheitsmann, das Videomaterial begutachtet hatte, schwieg er über alles, was er darauf gesehen hatte. Für ihn war es nun klar gewesen, weswegen Laurent so plötzlich verschwunden war. Genau so, wie es für das Hotelpersonal klar gewesen war. Doch sie alle schwiegen darüber und taten weiterhin so, als würden sie nichts in der Hand haben.

Die Polizei machte Georgette klar, dass sie ihren verschwundenen Ehemann schon bald finden würden und erzählten ihr nichts von den Videoaufnahmen auf denen Laurent zu sehen war, wie er es sich auf dem königlichen Stuhl gemütlich gemacht hatte.

Da das eine absolute Frechheit und das sich Nähern auf so eine kurze Distanz verboten gewesen war, war es für jeden eindeutig gewesen. Laurent war viel zu weit gegangen und musste dafür bestraft werden.

Der Stuhl war heilig und das wussten alle. Da gab es für die Südafrikaner kein Pardon.

Am Tag darauf hatte die südafrikanische Polizei Georgette kontaktiert und ihr gemeldet, dass sie ihren Ehemann gefunden hätten.

Georgette war über diese Meldung sehr glücklich gewesen und sie war froh darüber, dass man ihren Ehemann gefunden hatte.

Sie wurde mit ins Krankenhaus genommen, weil sich ihr Ehemann Laurent dort befinden würde.

Doch nach ihrer Ankunft im Krankenhaus, blieb Georgette, bei dem schrecklichen Anblick, beinahe das Herz stehen. Ihr Ehemann Laurent war in seine Einzelteile zerstückelt gewesen. Er wurde auf eine unerklärliche und brutale Art und Weise umgebracht worden.

DIE MUTTER

Raluca und Ionut waren zehn und acht Jahre alt
gewesen, während sie von ihrer Mutter Valea
immer noch in einem dunklen Verlies wie zwei
Gefangene behandelt wurden.
Die Geschwister aus Rumänien hatten ihren
leiblichen Vater nie kennengelernt und waren,
seit sie sich erinnern konnten, im Obhut ihrer
Mutter gewesen.
Doch schnell hatte Raluca, die zwei Jahre ältere
Schwester von Ionut, erkannt, dass irgendetwas
mit ihrer Mutter nicht stimmen würde. Sie sah
zwar menschlich aus, aber ihr Verhalten und die
Art und Weise, wie sie mit ihren eigenen Kindern
umgegangen war, war mehr als nur
ungeheuerlich gewesen.
So langsam spekulierte die kleine, aber recht
tapfere und kluge Raluca darüber, ob sie
überhaupt ein Mensch oder vielleicht doch nur
ein Monster gewesen war.
Denn Valea hatte ihren beiden Kindern so
ziemlich alles verboten und kontrollierte sie rund
um die Uhr. Sie hatte ihnen jegliches an Spiel
und Spaß verboten und sagte ihnen, wann sie was
und wie machen sollten. Sie war wie eine
schlimme Diktatorin gewesen, die unter ihrem

Volk Angst und Schrecken verbreitete, während
sie sie streng überwachte. Raluca und Ionut
durften niemals mit anderen Kindern weder
spielen oder sich sonst mit ihnen treffen.
Fernsehen, Spielzeuge und auch Süßigkeiten
waren strengstens untersagt gewesen. Die beiden
mussten sich, ganz egal zu welcher Jahreszeit,
um Punkt 19.00 Uhr schlafen legen und um 06.00
Uhr morgens wieder aufstehen. Die Schule
kannten sie nur vom Hören. Sie konnten weder
lesen noch schreiben. Zum Frühstück
bekamen sie ein Stück getrocknetes Brot und
dazu oft vergammeltes Stück Käse. Zum Trinken
gab es immer nur Trinkwasser. Das Mittagessen
bestand immer abwechselnd mal aus
Hühnerfleisch und mal aus Fleischbällchen. Zum
Abendessen gab es immer eine Gemüsesuppe
und dazu weiteres trockenes Brot sowie auch
reichlich gemischten Salat für die beiden
Geschwister.
Ihr gemeinsames Zimmer, das einem alten
Verlies glich, durften sie nur dann verlassen,
wenn sie mal auf's WC mussten oder es Zeit zum
Baden gewesen war.
In ihrem kleinen und dunklen Zimmer befand
sich nur ein kleines Fenster, das von Außen
vergittert gewesen war, sodass die Kinder nicht
weglaufen konnten. Abgesehen davon hatte
Valea das Fenster mit einem kleinen Schloss
versperrt und nur sie allein hatte den Schlüssel

dazu. Sie öffnete das Fenster lediglich nur dann, wenn das Zimmer für eine sehr kurze Zeit gelüftet werden musste.

So lange blieb sie auch im Zimmer bei ihren Kindern und wechselte kein einziges Wort mit ihnen.

Sie blieb einfach nur stehen und wachte mit strengen Blicken über die beiden.

Die Kinder hatten immer Angst sich zu bewegen und sogar laut zu atmen. Denn Valea's Ohren konnten alles hören. Selbst das Krabbeln der Ameisen, die sich entlang der Leiste unterhalb der Küchenwand bis zu ihrem Bau im kleinen Garten fortbewegten.

Das hatte Ionut vor einigen Wochen am eigenen Leib bereits zu spüren bekommen.

Trotz der Warnung seiner älteren Schwester Raluca, hatte er den Versuch gewagt sich aus dem Zimmer hinauszuschleichen. Er hatte gerade einmal den Türgriff nach unten gedrückt und schon war seine Mutter Valea wie ein Blitz zum Kinderzimmer zugerast und stand direkt vor den beiden sehr verängstigten Kindern. Durch den Wind, der bei ihrer rasanten Geschwindigkeit erzeugt worden war, wurden ihre Haare dabei zerzaust, sodass sie wie eine furchtbare und dämonische Hexe ausgesehen hatte. Raluca hätte schwören können, dass Valea's Augen wie zwei glühende Kohlen geleuchtet hätten, während sie tief schnaufende Atemgeräusche von sich gab

219

und dabei noch mit den Zähnen geknirscht hatte. Ihre Hände waren so fest zu Fäusten geballt gewesen, sodass sie ihre Fingernägel in ihre Handflächen gebohrt und sie dadurch zum Bluten gebracht hatte. Ihre Adern an ihrem Hals waren deutlich sichtbar und standen so sehr hervor, als würden sie jeden Augenblick unter der Haut hervorplatzen. Sie waren fast so dick wie Regenwürmer gewesen.

Valea hatte mit den beiden Kindern sehr laut geschimpft und ihnen durch ihre grauenhaft dämonische Stimme noch mehr Angst eingejagt. Mit einem dünnen Stock hatte sie zudem auf die Hände von Ionut geschlagen, um ihn damit zu bestrafen.

Seit diesem Tag an, hatte Ionut nie wieder etwas angefasst.

Für die beiden Geschwister schien es kein Entkommen zu geben und es sah so aus, als würden sie für ewig in der Gefangenschaft ihrer Mutter leben müssen.

Doch Raluca war bereits dabei gewesen, gemeinsam mit Ionut, sich ein Fluchtplan auszudenken und von diesem Horrorhaus endgültig zu verschwinden. Doch sie mussten sehr vorsichtig dabei sein. Denn Valea entkam so gut wie nichts.

DIE BABYSITTERIN

In Curitiba, die Hauptstadt des südbrasilianischen Bundesstaates Paraná, wurde über eine längere Zeit von einer Babysitterin gewarnt, die man besser nicht einstellen sollte, um auf die eigenen Kinder aufzupassen.

Denn die junge Dame mit lateinamerikanischer Herkunft, die sich jedes Mal mit einem anderen Namen vorgestellt hatte, um unerkannt zu bleiben, mochte zwar optisch wie ein gewöhnlicher Mensch ausgesehen haben, doch in Wahrheit war sie eine hexenähnliche Kreatur, die sämtliche Kinder, für die sie die Babysitterin sein sollte, zum Teil aufaß und danach spurlos verschwand.

Sie hinterließ jedes Mal, nach jedem Babysitterjob, Teile der Kinder, die sie verzehrt hatte und für den Rest ihres Lebens traumatisierte Eltern zurück.

Die örtliche Polizei konnte sie weder ausfindig machen noch hatte sie sie jemals zu Gesicht bekommen. Sie hatte lediglich die Beschreibungen zu ihrem Aussehen protokollieren können. Mehr hatten sie nicht in der Hand. Die sogenannte Babysitterin soll eine etwa 25-jährige junge Dame puerto-ricanischer

Herkunft mit einer Größe von 1,75 cm gewesen sein und eine schlanke Figur gehabt haben. Zudem hatte sie dunkle Haare, die bis zu ihren Hüften reichten und hatte außergewöhnlich grüne Augen, die wie Smaragde strahlten.

Sie soll sich auf Anhieb mit den Kindern und auch mit deren Eltern verstanden und einen sehr guten Eindruck gemacht haben. Sie soll immer äußerst freundlich und intelligent gewirkt haben, bei der die Eltern sofort ein gutes Gefühl bekommen haben.

All diese Beschreibungen, der drei Elternpaare, deren Kinder von der selben Babysitterin, ermordet worden waren, waren identisch gewesen. Nur der Name war bei allen sechs Zeugenaussagen anders gewesen.

Das erste Elternpaar hatte angegeben, dass der Name der Babysitterin Camila gewesen sein soll. Das zweite Elternpaar hatte ausgesagt, dass die Babysitterin sich als Paola vorgestellt hatte. Und das dritte und letzte Elternpaar war sich absolut sicher gewesen, dass die Babysitterin sich als Alana bei ihnen vorgestellt hatte.

Einen Nachnamen soll sie bei keinem der Elternpaare genannt haben.

Die Polizei in der Stadt Curitiba ermittelte auf Hochtouren, um die mörderische Babysitterin so schnell wie möglich erwischen zu können. Auch die Medien berichteten rund um die Uhr über sie und warnten sämtliche Eltern, mit den Angaben, die sie von der Polizei erhalten hatten, dass sie sehr vorsichtig sein und sich umgehend bei der Polizei melden sollten, falls die gesuchte Babysitterin bei ihnen auftauchen sollte.

Zudem hatte die Polizei den Eltern geraten ihr Haushalt mit Videokameras auszustatten. Sie sollten sowohl drinnen als auch draußen über dem Haupteingang Videokameras anbringen.

Eine Videoaufzeichnung beziehngsweise ein Bild von der gesuchten Babysitterin, würde die Fahndung nach ihr deutlich einfacher machen.

Jedenfalls war es seit drei Wochen still um die Babysitterin gewesen. Es waren keine weiteren Todesfälle mehr aufgetaucht. Die Polizei ging davon aus, dass sich die Babysitterin von der intensiven Suche nach ihr, abschrecken lassen und sich zurückgezogen hat.

Möglicherweise hatte sie vielleicht sogar die Stadt oder sogar das Land verlassen.

Doch schon nach einer kurzen Zeit darauf, wurde der Polizei der Stadt Curitiba der nächste Todesfall im Zusammenhang mit einer Babysitterin gemeldet.

Diesmal hatte das betroffene Elternpaar, das von den Videoaufnahmen, die sie im Kinderzimmer aufgestellt hatten, beinahe den Verstand verloren.

Sie waren sehr ängstlich gewesen, als sie folgendes bei der Polizei ausgesagt hatten. So wie die Polizei jedem ans Herz gelegt hatte ihr Zuhause durch Videokameras zu überwachen, hatte das vom grauenhaften Verbrechen betroffene Elternpaar, dies umgehend veranlasst. Sie hatten ausgesagt, dass die junge Babysitterin weder lateinamerikanischer Herkunft gewesen war oder sonst irgendwie den Beschreibungen der Polizei beziehungsweise der Medien entsprochen hatte. Sie soll sich als eine 33-jährige mit jüdischer Herkunft vorgestellt haben. Ihr optisches Aussehen wich komplett von der Beschreibung der Polizei ab, weswegen die Eltern der brutal ermordeten Kinder sich absolut sicher gewesen waren, dass es sich bei dieser Babysitterin auf keinen Fall um die gesuchte Babysitterin handeln könnte, woraufhin sie ihr die Aufsicht ihres 10-jährigen Sohnes anvertraut hatten.

Doch als sie später vom romantischen Kinoabend mit Dinner nach Hause gekommen waren, hatten sie ihren Sohn halbaufgegessen und blutüberströmt auf dem Boden des Kinderzimmers vorgefunden. Von der Babysitterin war weit und breit keine Spur vorhanden.

Als der Vater des ermordeten Kindes sich sofort die Videoaufnahmen angesehen hatte, war er kreidebleich geworden. Die selben Aufnahmen hatte sich auch die Polizei in Curitiba angesehen. Hinterher hatten sie sich gewünscht es nicht getan zu haben.

Auf den Videoaufzeichnungen war die

Babysitterin zu sehen, wie sie den 10-jährigen Jungen in dessen Kinderzimmer mit einem schnellen Genickbruch ermordet und ihn gleich darauf aufisst. Doch, bevor sie ihn aufgegessen hatte, hatte sich die junge Frau plötzlich in eine schrecklich aussehende Kreatur mit einer Glatze, großen sowie schlapp hinunter hängenden Ohren, dunklen halbgeöffneten Augen mit großen Tränensäcken und unzähligen Augenringen verwandelt. Ihre Beine und Arme waren lang und dürr wie die Äste eines Baumes gewesen. Ihr Hals war geformt wie der eines Geiers. Ihre große Nase wirkte wie der Schnabel einer Krähe und ihre gesamten Zähne waren spitz wie Apachen Pfeile gewesen.

Sie hatte einen Buckel, der sie dazu zwang gebückt zu gehen, wodurch ihr dicker Bauch nur noch dicker wirkte.

Doch das erschreckenste für die Polizei war, dass die Kreatur, die die Polizei später als eine Hexe bezeichnete, bevor sie verschwunden war, sich zu der Videokamera gedreht, hineingesehen und ein teuflisches Lächeln zugeworfen hatte, so als würde sie die Polizei verspotten und ihnen sagen wollen, dass sie sie niemals erwischen können. Gleich danach hatte sie, direkt vor der Videokamera, die Form der jungen Puerto-Ricanerin, mit dem Aussehen, die zu Beginn ihres Falles, beschrieben worden war, angenommen. Nachdem sie ihre Gestalt verändert hatte, war sie ohne jegliche Spuren zu hinterlassen, verschwunden.

Die Polizei in Curitiba sucht immer noch nach der Hexe, die ihre Gestalt nach belieben verändern kann und sich von Kindern ernährt.

DER NACHBAR

Man spricht doch immer wieder davon, dass Nachbarn für einander da sein sollten und, dass man sich auf ihre Hilfe verlassen kann, dass man sich gegenseitig besucht, gewisse Aktivitäten gemeinsam unternimmt und so weiter. Unter Nachbarn entgegnet man sich mit Respekt und Höflichkeit. Insgesamt trägt ein guter Nachbar also dazu bei, ein angenehmes und harmonisches Miteinander in der Nachbarschaft zu fördern. Doch nicht jeder Nachbar ist auch gleich ein guter Nachbar. In vielen Nachbarschaften kommt es immer wieder vor, dass mindest eine Familie oder eine einzige Person, allen anderen in der Nachbarschaft Probleme macht, sie nicht ausstehen kann, sich über alles beschwert und sonst irgendwie negativ auffällt. Ein solcher Nachbar wird oft nicht in einer guten und ruhigen Nachbarschaft lange geduldet. Henry Hall war genau ein solcher Nachbar. Er hatte sich über alles und jeden in der Nachbarschaft beschwert und kam so ziemlich mit niemandem klar. Er war ein alter und alleinstehender Mann, bei dem nie ein Besuch beobachtet worden war oder er sonst je eine Person empfangen hatte.

Henry lebte bereits über viele Jahre in Calgary,

Kanada und hatte sich mit so einigen Nachbarn angelegt. Einige von ihnen hatte er sogar des Öfteren bei der Polizei angezeigt.

Einige andere wiederum, hatte er durch seine ständigen Beschwerden dazu gebracht, dass sie es mit ihm in der Nachbarschaft nicht länger ausgehalten hatten und schließlich auszogen.

Er war also das Schwarze Schaf in seiner Nachbarschaft gewesen und war bei der Polizei, aufgrund seiner ständigen Beschwerden und Anzeigen, sehr bekannt.

Eines Tages war ein junger Mann im Haus, direkt neben dem von Henry Hall, eingezogen. Noch bis vor letzten Monat wohnte dort ein junges Paar, dass Henry verjagt hatte. Der junge Mann war 28 Jahre alt und sehr sportlich gewesen. Er hieß James Wilson, stammte ebenfalls aus Kanada und war beruflich als Zoowächter tätig. Viel wusste man nicht von ihm.

Schon bereits einige Tage nach seinem Einzug, hatte sich Henry Hall auch mit ihm angelegt. Henry hatte sich über das Fahrzeug, ein Pick-Up, von James beschwert, weil es ein sehr lautes Motorgeräusch hatte. Zudem hatte Henry James vorgeworfen , dass er nach irgendwelchen Tieren stinken und dadurch die gesamte Nachbarschaft mit dem unausstehlichen Gestank verpesten würde. Auch darüber, dass James eine sehr ruhige Person gewesen war und sich kaum mit jemandem aus der Nachbarschaft unterhalten oder sie begrüßt hatte, brachte den alten Mann Henry dazu, dass er behauptete, dass James ein Krimineller sei und daher sich mysteriös und ruhig verhält. Sein Benehmen wäre, laut Henry, sehr verdächtig.

Ständige Beschwerden dieser Art beziehungsweise auch irgendwelche Gerüchte über James, hatte Henry nahezu jeden Tag in der gesamten Nachbarschaft verbreitet.

Trotz dessen, schaffte es James, jedes Mal ruhig zu bleiben und den alten Mann mit einem sehr großen Mundwerk, zu ignorieren.

Schließlich war im gesamten Land Halloween angebrochen. Die gesamte Stadt Calgary war mit Halloween Dekorationen geschmückt. Jeder, ob groß oder klein, hatte eine Verkleidung an.

Henry Hall war der einzige in seiner Nachbarschaft gewesen, der weder sein Haus entsprechend des Feiertages geschmückt noch sich selbst verkleidet hatte. Stattdessen hatte er sich auch über den Feiertag und über alle, die Halloween feierten ununterbrochen beschwert.

Die Kinder, die zu seiner Tür gekommen waren, um ihre Körbe mit noch mehr Süßigkeiten aufzufüllen, hatte er auf eine gemeine Art und Weise davongejagt.

Enttäuscht, und einige von ihnen sogar mit Tränen in den Augen, hatten sie sich von Henry's Haus entfernt.

Henry Hall war ein Weltmeister darin gewesen,

anderen die Stimmung beziehungsweise die Laune zu verderben. Wenn er eines gut konnte, dann war es genau das.

Doch, genau ein Tag nach Halloween, hatte man keinen alten Mann mehr gehört, der sich wieder über irgendetwas beschert hatte. Es war ruhig in Henry's Nachbarschaft gewesen.

Als die erste Person, es war eine Frau im mittleren Alter, die genau gegenüber von Henry Hall zusammen mit ihrem Ehemann gewohnt hatte, fing plötzlich aus lautem Hals zu schreien an, nachdem sie etwas gesehen hatte, das sie zuvor für eine Halloween Dekoration gehalten hatte, die ihr Ehemann an die Haustür genagelt hatte.

Doch bei genauerem Hinsehen und beim Anfassen, war ihr sehr schnell klar geworden, dass der blutende menschliche Körperteil, der an ihre Haustür genagelt worden war, ein abgetrennter Männerarm gewesen war.

Aufgrund ihres sehr lauten Schreis, hatte sie alle anderen in der Nachbarschaft hinaus gelockt, die neugierig darauf gewesen war, wer so schreckhaft geschrien hatte und weshalb.

Doch, so wie sie sich hinaus begeben hatten, ertönte plötzlich ein ganzes Chor von ungeheuerlichem Geschrei, die sich so laut und schrecklich angehört hatte, als würde die Welt gerade untergehen.

Denn jeder in der Nachbarschaft, hatte einen

abgetrennten und blutigen Körperteil eines
Menschen, die auf ihre Haustüren genagelt
worden waren, entdeckt.
Wie es sich kurz darauf herausgestellt hatte,
waren es die abgetrennten Körperteile von dem
alten Mann Namens Henry Hall.
Dies konnte von einem der Nachbarn deutlich
festgestellt werden, weil vor seiner Haustür der
abgetrennte Kopf von Henry Hall gelegen hatte.
Die blutige Schädeldecke war aufgeschnitten und
das Gehirn entnommen worden. Stattdessen
befanden sich jede Menge Süßigkeiten darin.
Bei einer späteren Polizeiuntersuchung, die
sämtliche Personen in der Nachbarschaft
bezüglich dem brutalen Mord befragt hatte, war
nur eine einzige Person nicht auffindbar gewesen.
James Wilson. Der junge Mann wurde zuletzt in
der Halloween Nacht von einigen Nachbarn
gesichtet worden und dann plötzlich nicht mehr.
Als die Polizei sein Haus dursuchen wollte, fand
sie nur ein vollkommen leer stehendes Haus vor
sich. Es hatte nicht ausgesehen, als hätte da
jemand gelebt.
Auch im Zoo kannte man niemanden mit dem
Namen James Wilson. Der einzige Zoowächter,
der dort tätig war, hieß Joseph Scott. Und er war
bereits seit zwölf Jahren dort tätig.
Nicht nur, dass James Wilson spurlos
verschwunden war, er schien auch gar nicht
existiert zu haben.

Die Polizei tappte im Dunkeln. Genauso waren sämtliche Bewohner in der Nachbarschaft darüber sehr verwundert, aber auch sehr erschüttert gewesen.

Bei einer der Zeugenaussagen, hatte einer der Nachbarn der Polizei gemeldet, dass er James Wilson in der Halloweennacht gesehen hatte. Verkleidet als eine grauenhafte Kreatur mit glänzenden Messerarmen.

Weitere Augenzeugen bestätigten seine Aussage.

VIOLETA

Die 33-jährige Spanierin, Violeta Aguilar, aus
Sevilla war die perfekte Mörderin. Sie konnte
noch so viele Morde begehen und man würde sie
niemals erwischen, ja nicht einmal verdächtigen,
können.

Selbst, wenn Violeta all ihre Morde vor einer
großen Menge an Augenzeugen begehen würde,
würde man niemals sie als die wahre Täterin
identifizieren.

Diese äußerst besondere, aber auch zugleich
erschreckende Gabe, wurde ihr bereits bei ihrer
Geburt gegeben.

Denn Violeta beherrschte sowohl Telekinese als
auch Telepathie. Diese besonderen Eigenschaften
nutzte sie im Sinne des Bösen, indem sie, von ihr
völlig zufällig ausgewählte Personen, mittels
ihrer telepathischen Fähigkeiten, dazu verleiten
konnte, dass sie Morde begangen.

Selbst, wenn ihre Opfer, sobald sie ihre
Gedanken wieder freigelassen hatte, sich vor
Gericht verteidigen wollten und darauf bestanden
hatten, dass sie nicht sie selbst waren, war
zwecklos gewesen. Denn die Beweise sowie die
Augenzeugenberichte waren ganz eindeutig
gewesen. Obwohl viele von Violeta's Opfern vor

Gericht immer dieselbe Aussage gemacht und behauptet hatten, dass sie nicht sie selbst gewesen waren und möglicherweise jemand anderer die Kontrolle über sie genommen hatte, kam vor Gericht niemals durch. Denn das Gericht hatte es oft genug mit Tätern zu tun gehabt, die auf geistige Unzurechnungsfähigkeit plädieren wollten, obwohl ihr geistiger Zustand ganz in Ordnung war und sie sehr wohl ihren Taten bewusst gewesen waren.

Derartige Ausreden wurden vor dem spanischen Gericht niemals durchgelassen.

So konnte sich Violeta jederzeit nach Lust und Laune ihr nächstes Opfer aussuchen und dessen Leben zur Hölle machen. Auf diese Art hatte sie bereits viele unschuldige Personen, gegen ihren Willen, zu Mördern gemacht und ihnen den Rest ihres Lebens ruiniert.

Anfangs hatte sie dafür Menschen ausgewählt, die sie nicht leiden beziehungsweise nicht ausstehen konnte. Menschen, die sie, aus welchen Gründen auch immer, gehasst hatte, hatte sie zu Mördern gemacht, indem sie in ihre Köpfe eingedrungen war und sie zu teilweise brutalen und gewalttätigen Morden verleitet hatte. Und keiner von ihnen hatte je erfahren, dass Violeta eigentlich hinter all diesen schrecklichen Taten gesteckt hatte. Denn Violeta hatte nie irgendeinem Menschen, nicht einmal ihrer eigenen Familie, je von ihrer außerordentlichen

Begabung erzählt.

Als Violeta ihre Kräfte zum ersten Mal entdeckt hatte, war sie fünf Jahre alt gewesen. Doch ihren ersten Mord, den sie unbewusst verübt hatte, hatte sie sofort nach ihrer Geburt im Kreissal begangen. Denn so wie sie die Welt erblickt hatte, hatte sie, da sie ihre Kräfte noch nicht kontrollieren konnte, den Arzt, der sie zur Welt gebracht hatte, dazu gebracht, dass er seine Assistentin ermordete. Er hatte sie brutal zu Tode geprügelt.

Doch ihre Kräfte wurden Violeta erst bewusst, als sie fünf Jahre alt geworden war.

Mit ihren Gedanken konnte sie ihre Spielzeuge und auch andere Gegenstände zum schweben bringen. Interessanterweise hatten ihre Eltern sie dabei niemals erwischt.

Und als Violata elf Jahre alt geworden war, hatte sie das erste Mal bewusst, ihr erstes Opfer ausgesucht.

Das Mädchen war ebenfalls elf Jahre alt und ihr Name war Adora Ruiz. Sie waren beide in der selben Klasse. Adora war ein recht intelligentes Mädchen für ihr Alter gewesen, weswegen man sie dafür ständig gelobt hatte. Sie war die Lieblingsschülerin von ihrem Klassenvorstand gewesen.

Violeta wurde eifersüchtig auf Adora und übernahm daraufhin die Kontrolle über ihre Gedanken.

Sie hatte das Mädchen in der Pause dazu gebracht aus dem Fenster des Klassenzimmers hinunterzuspringen. Es waren vier Stockwerke gewesen und Adora war sofort gestorben.

Da hatte Violeta auch zum ersten Mal richtiges Gefallen an ihrem besonderen Talent gefunden und verbrachte die restliche Zeit ihres Lebens damit, sowohl Menschen, die sie hasste als auch vollkommen zufällig ausgewählte Personen, zu Mördern zu machen. Gegen deren Willen.

Und Violeta konnte dies im hellsten Scheinwerferlicht tun und dabei dennoch vollkommen im Verborgenen bleiben.

Sie hatte einfach Spaß daran und es wurde niemals langweilig. Denn ihren kreativen Morden waren keine Grenzen gesetzt. Violeta wusste schon immer, wie sie sich austoben konnte.

DER TRAUMGEIST

Über eine längere Zeit hinweg, hatten einige
Bewohnerinnen und Bewohner aus Biserta, eine
Hafenstadt am Mittelmeer im nördlichen
Tunesien, über ihre Albträume geklagt.
Sie alle hatten behauptet, das selbe dämonische
Wesen gesehen zu haben. Es verfolgte sie Nacht
für Nacht in ihren Träumen und wollte sie
einfach nicht in Ruhe lassen.
Weder Ärzte noch Psychotherapeuten hatten eine
plausible Erklärung für dieses seltsame
Phänomen gefunden.
Die Betroffenen waren alle auf sich alleine
gestellt gewesen.
Einige von ihnen hatten sogar eine Art
Selbsthilfegruppe gegründet und berichteten sich
gegenseitig von ihren Albträumen
beziehungsweise ihren Erlebnissen, die mit
diesem schrecklichen Wesen verbunden gewesen
waren.
So hatten sie die Hoffnung, dass sie sich
eventuell gegenseitig von diesem Unheil helfen
und befreien konnten.
Und zu wissen, dass sie nicht alleine waren,
machte diese schrecklichen Begegnungen mit
dem dämonischen Traumwesen, ein wenig
ertragbarer.

Hila Hamouda, eine 26-jährige Psychologiestudentin, die selbst von dem dämonischen Traumwesen nicht heimgesucht worden war, hatte sich bereit erklärt die Leitung der Selbsthilfegruppe zu übernehmen und ihnen dabei zu helfen dies zu überstehen.
Hila hatte sich viele verschiedene Traumszenarien von den Betroffenen angehört. Sie waren schrecklicher als der andere gewesen. Doch das fürchterliche daran war gewesen, dass alle Betroffenen davon berichtet hatten, dass ihre Träume beziehungsweise ihre Albträume sehr real waren. Ihre Träume fühlten sich nicht wie gewöhnliche Träume an, sondern sie konnten sie am ganzen Leibe spüren.
Denn, laut den einzelnen Aussagen der Betroffenen, soll der Traumgeist, diesen Ausdruck bevorzugte Hila, diejenigen, in deren Träumen er sich eingeschlichen hatte, schrecklichen und äußerst schmerzlichen Foltern unterzogen haben.
Sie alle konnten die Schmerzen sogar dann noch spüren, wenn sie morgens aufwachten. Sie beschwerten sich alle über höllische Schmerzen an genau den Stellen, an denen der Traumgeist sie gefoltert hatte.
Eine der Betroffenen hatte darüber berichtet, dass sie sich jede Nacht in dem selben Albtraum wiederfinden würde. Der Traumgeist hat sie an ein Stuhl angekettet und drückte mit einer

glühenden Kohle auf ihre Augen bis diese völlig abgebrannt waren. Morgens hatte sie dann auch tatsächlich große Augenschmerzen. Zudem berichtete sie über rote Stellen rund um ihre Augen.

Ein weiterer Betroffener hatte darüber berichtet, dass er jede Nacht vom Traumgeist auf seinem Rücken liegend an eine Liegefläche angekettet wurde. Der Traumgeist würde dann mit einer großen Heckenschere sowohl seine Zehen als auch seine Finger nacheinander abschneiden. Auch er hatte hinterher an jedem Morgen über sehr große Schmerzen an Füßen und Händen geklagt. An den abgeschnittenen Stellen waren rötliche Ringe zu sehen.

Ein weiterer von den Betroffenen hatte berichtet, dass der Traumgeist mit einer Bohrmaschine viele Löcher überall an seinem Körper bohren würde.

Auch er würde jeden Morgen mit großen Scherzen am gesamten Körper aufwachen. Und jeden Morgen entdeckte er kleine rötliche Punkte an genau den Stellen, an denen der Traumgeist gebohrt hatte.

Hila hatte sich diese und viele weitere schreckliche Geschichten angehört und hatte die Befürchtung gehabt, dass sie den Betroffenen womöglich nicht helfen können würde.

Doch bei weiteren Sitzungen und Gesprächen, hatte sie etwas erfahren, dass all die Betroffenen in Zusammenhang gebracht hatte. Denn, nachdem Hila sie alle gefragt hatte, was sie so in ihrem Alltag beziehungsweise in ihrer Freizeit machen und, ob sie auch Hobbies haben würden, gefragt hatte, hatte jede von ihnen ihr gegenüber verraten, dass sie sich sehr gerne mit dem Lesen vom Kaffeesud, Handablesen und sonstigen Zukunftsvorhersagen beschäftigen würden. Sie alle würden das auf Amateurbasis machen und hatten nicht wirklich eine Ahnung davon, wie so etwas eigentlich funktionierte. Sie machten das alle aus purem Spaß.

Nach diesen Aussagen war es für Hila ganz eindeutig gewesen. Jede einzelne Person von ihnen hatte sich, ohne, dass sie es ahnen konnten, mit dem Übernatürlichen beschäftigt. Und, weil sie dies auch noch getan hatten, ohne eine Ahnung davon zu haben, hatten sie den Zorn eines Dämonen auf sich gezogen, der sie dafür Nacht für Nacht in ihren Albträumen bestrafte. Hila verriet ihnen, dass wenn sie damit aufhören würden, dass der Traumgeist, ein weißlich grauer Djinn mit großen milchigweißen Augen, sie ebenfalls in Ruhe lassen würde. Denn sämtliche Arten und Vorgehensweisen von Zukunftsvorhersagen beruhten auf dämonischer Natur und durften weder zum Spaß noch von Amateuren praktiziert werden.

DER COUNTDOWN ZUM TOD

Eine satanische Sekte in Louisville, Nebraska in den USA, bestehend aus sechs Mitgliedern, praktizierte jede Woche ein blutiges Ritual, um so ihre Dankbarkeit gegenüber den Teufel zu zeigen.

Abigail Johnson, die Sektengründerin, hatte sich ein solches Dankbarkeitsritual selbst ausgedacht und schließlich auch unter ihresgleichen eingeführt. Sie nannte es den Countdown zum Tod.

Abigail und die anderen Sektenmitglieder waren ganz loyale Anbeter des Satans, die sich auch außerhalb ihrer geheimen Treffen mit Okkultem beschäftigten. Sie verehrten den Teufel und waren davon überzeugt gewesen, dass sie die Kinder des Finsternisses waren.

Bei den Dankbarkeitsritualen ging es darum, dass sie jede Woche eine zufällig ausgesuchte Person entführten, um sie dann für den Teufel zu opfern. Die Opferung musste um exakt 00.00 Uhr in der Nacht geschehen, weshalb sie das entführte Opfer mit Handschellen und komplett ausgezogen an eine Stange befestigten und ein Countdown starteten. Der Countdown wurde von Abigail und ihren Freunden immer zehn Sekunden vor Mitternacht laut hinuntergezählt.

Sobald es Punkt 00.00 Uhr gewesen war und die Mitternachtsglocken geläutet hatten, stach Abigail mit einem spitzen Dolch direkt in die Brust des Opfers hinein und schlitzte es bis zum Bauch auf.

Bis zu ihrem Tod, waren die entführten Personen, die ganze Zeit über bei Bewusstsein gewesen und mussten sich die komplette Zeremonie ansehen. Auch den Dolch, wie er sich in ihre Brust hineingrub.

Abigail ließ immer das Blut der geopferten Personen ein wenig auf den Boden fließen, bevor sie schließlich ein Kelch geholt und die ersten Tropfen vom Blut getrunken hatte. Hinterher durften die restlichen Sektenmitglieder vom selben Kelch das Blut des Opfers trinken.

Nachdem jeder von ihnen vom Blut getrunken hatte, holten sie die Eingeweide von der Person, die sie geopfert hatten, heraus und fingen an, in Begleitung einer Musik mit okkulten Klängen, sich darin zu wälzen und zu tanzen.

Dabei sagten sie immer wieder folgendes. "Oh mächtiger Satan, wir danken dir!"

DER PSYCHOAUTOR

Valentin Ignatov stammte aus Bulgarien und versuchte als Schriftsteller sein Unterhalt zu verdienen.

Er war ein 34-jähriger alleinstehender Mann, der die Ehe zwar nicht komplett ausgeschlossen hatte, jedoch, aufgrund seiner geringen finanziellen Lage, sie verschieben musste.

Denn Valentin verdiente durch den geringen Verkauf seiner Krimiromane nicht gerade besonders gut. Die Einnahmen waren gerade mal genug gewesen, um seine eigenen Rechnungen zu decken.

Valentin hatte vier Kriminalromane veröffentlich, doch keines seiner Bücher konnte je zum Bestseller werden. Zudem waren seine Bücher auf bulgarisch, weshalb er nur ein eingeschränktes Publikum in Bulgarien erreichen konnte.

Einschränkungen dieser Art, sowie die geringen Verkaufszahlen frustrierten Valentin sehr. Er wollte mehr erreichen. Er hatte noch so viele Träume und Ziele, die er sich erfüllen und erreichen wollte.

Seine Jahre gingen dahin und er kam mit seinem Erfolg einfach nicht weiter.

Einem anderen Job wollte Valentin nicht nachgehen, da er so gerne schrieb und aufgrund seines Schreibtalentes den großen Durchbruch erlangen wollte.

Etwas anderes käme für ihn nicht in Frage. Schon gar nicht, wenn er bereits vier Romane veröffentlicht hatte. Das wäre für ihn ein großer Abstieg und somit äußerst peinlich gewesen.

Er musste sich dringend etwas überlegen, bevor er mit dem Schreiben seines nächsten Kriminalromans beginnen wollte. Er hatte eine neue Strategie, ein völlig neues Konzept und dringend lebhaftere Ideen nötig.

Als er dafür seinen Agenten um Rat und Hilfe gebeten hatte, wollte er ehrlich mit Valentin sein. Er hatte zu ihm gesagt, dass Valentin's Geschichten eher langweilig wären und die Kriminalfälle, die sein Hauptprotoganist aus seinen Romanen, nicht genug herausgefordert werden würde, weil die Morde so banal wären und einfach zu lösen waren. Es steckten kaum Kreativität und Fantasie dahinter. Laut seinem Agenten hatte Valentin einfach keine Ahnung von Mord- und Kriminalfällen. Und genau diese Unkenntnis von Valentin, würde sich auf den Verkauf seiner Bücher auswirken. Seine Geschichten langweilten seine Leserschaft. Valentin war all das zuvor nicht bewusst gewesen. Er dachte, dass er schon wissen würde, worüber er schreibt. Doch nun hatte er so seine

Bedenken gehabt.

Valentin hatte sich das ehrliche Feedback seines Agenten zu Herzen genommen und wusste nun, woran er arbeiten beziehungsweise was er ändern musste.

Schon bald darauf, hatte Valentin mit dem Schreiben seines neuen Romans begonnen. Und diesmal war er sich absolut sicher gewesen, dass es ein Erfolg werden würde. Dieses neue Buch, würde sich von selbst verkaufen und im Nu zum Bestseller werden.

Valentin schrieb und schrieb und er konnte gar nicht mehr aufhören. Plötzlich wusste er, wie er die Morde und auch die Untersuchungen spannender machen konnte. Er wusste nun, worüber er da schrieb und wie er alles ganz genau beschreiben musste.

Und je mehr seine Kapitel wurden, je mehr die Seitenanzahl seines neuen Buches stieg, so stiegen auch die mysteriösen Serienmorde in der Hauptstadt Sofia.

Es waren entsetzliche und brutale Morde gewesen, zu denen verschiedene Todesursachen gehörten, wie das Ersticken, das Ertränken, die Messerstecherei, Tod durch ein Kopfschuss, Tod durch Strangulierung und viele weitere. Die Polizei war den vielen Mordfällen kaum nachgekommen, die sich alle in kurzen Zeitabschnitten ereignet hatten. Sie wurde regelrecht überfordert.

Die Hauptstadt machte eine sehr schreckliche
Zeit durch und versank mit jedem Mord in eine
noch tiefere Angst, weil der Täter immer noch
nicht gefasst worden war.

So konnte Valentin Ignatov sein neues Buch in
aller Ruhe zu Ende schreiben, während er parallel
dazu weiterhin mordete, um sich neue Kenntnisse
und Erfahrungen über das Töten aneignen zu
können, die er dann schließlich eins zu eins auf's
Papier brachte.

CRINGLES

Um gezielt Menschen schaden zu können, die die US-amerikanische Regierung in Washington, D.C., als ihre Feinde im Ausland auserkoren hatte, hatte sie sich etwas teuflisches einfallen lassen.

In einigen Ländern, die Feinde von den USA waren, hatte die amerikanische Regierung, ein Scheinunternehmen gegründet, das unter anderem ein bestimmtes Produkt, genannt Cringles, produzierte. Die Cringles, gekringeltes Chipsprodukt erhältlich in verschiedenen Geschmacksrichtungen, war in Wahrheit eine geheime biologische Waffe gewesen, die dafür sorgen sollte, dass die USA, ohne Kriege und großer Aufruhr, ihre Feinde durch den Konsum der Cringles vergiftete und schließlich tötete. Ein stiller Angriff der USA auf ihre Feinde also, ohne, dass je einer die USA dafür verantwortlich machen konnte.

Daher waren die Cringles niemals in den USA erhältlich gewesen.

Sämtliche Menschen, die die köstlichen, aber hochgiftigen Snacks gegessen hatten, wurden nach einer gewissen Zeit krank und starben schließlich durch diverse auftretende Krankheiten.

Meist sprachen die Ärzte von einem Virus, konnten jedoch nicht feststellen, dass die Cringles, die Ursache dafür gewesen waren. Daher wurden die Cringles noch nicht einmal als Krankmacher beziehungsweise als hochgiftige Produkte verdächtigt. Denn die Menschen aßen alles mögliche und darunter auch viele ungesunde Produkte, wodurch die Cringles einfach unter gingen. Die eigentliche Todesursache war demnach nicht wirklich festzustellen gewesen. Abgesehen davon waren es verschiedene

Todesfälle gewesen, weswegen niemals irgendjemand, die Cringles verantwortlich hätte machen können.

Die USA hatte bereits viele teuflische Waffen produziert, um ihre gegner anzugreifen und sie zu bezwingen.

Doch die Cringles, die viele verschiedene giftige Chemikalien beinhalteten, waren mit Abstand ihre beste Waffe bis dahin gewesen.

KOPFSCHMERZEN

Es war eine kalte, nebelige Nacht in Turku, Finnland, als Anna mit einem stechenden Schmerz in ihrem Kopf aufwachte. Der Schmerz war so intensiv, dass sie sich kaum rühren konnte. Sie lag in ihrem Bett, unfähig, sich zu bewegen, während der Schmerz immer stärker wurde, wie ein Bohrer, der sich in ihren Schädel fraß. Anna griff nach ihrem Telefon, aber ihre Finger zitterten so sehr, dass sie es fallen ließ. Der Schmerz hatte sich inzwischen in eine Welle des Grauens verwandelt, die ihr Bewusstsein zu verschlingen drohte.

Sie erinnerte sich plötzlich an das Flüstern, das sie in letzter Zeit oft gehört hatte. Es war ein leises, kaum wahrnehmbares Flüstern, das in den stillen Momenten des Tages in ihrem Kopf auftauchte. Anfangs hatte sie gedacht, es sei nur ihre Vorstellungskraft, vielleicht Stress oder Überarbeitung. Aber jetzt, in der Dunkelheit, schien das Flüstern lauter zu werden. Es war, als ob jemand oder etwas in ihrem Kopf lebte und sich nun entschloss, die Kontrolle zu übernehmen. Der Schmerz wurde unerträglich. Anna versuchte, aufzustehen, doch ihre Beine versagten. Das Flüstern verwandelte sich in Worte, klare Worte,

die ihr das Blut in den Adern gefrieren ließen:
„Wir sind hier, um zu bleiben. Du wirst uns nie
entkommen."
Panik überkam sie. Sie riss sich zusammen,
stolperte ins Badezimmer und starrte in den
Spiegel. Ihre Augen waren blutunterlaufen, und
ihr Gesicht war blass wie eine Leiche.
Doch es war das, was hinter ihr im Spiegel
auftauchte, das ihr den letzten Rest Verstand
raubte.
Im Spiegel erschien eine dunkle Gestalt, die
langsam aus den Schatten trat. Sie hatte kein
Gesicht, nur eine schattenhafte Form, die sich
unnatürlich bewegte. Die Gestalt hob ihre Hand
und deutete auf Anna. Der Schmerz in ihrem
Kopf erreichte einen Höhepunkt, als hätte jemand
einen Schalter umgelegt. Anna schrie auf, aber
kein Laut kam über ihre Lippen.
Und dann war alles still.
Am nächsten Morgen fand man Anna in ihrem
Bett, leblos und mit einem Ausdruck des reinen
Entsetzens im Gesicht. Niemand konnte sich
erklären, was passiert war. Der Arzt stellte
lediglich fest, dass sie an einer plötzlichen
Hirnblutung gestorben war.
Doch tief in Annas Kopf, verborgen vor den
Augen der Lebenden, erklang immer noch ein
leises, bösartiges Flüstern. Eine Stimme, die
wusste, dass sie ihr neues Zuhause gefunden
hatte. Und zwar im Kopf ihres nächsten Opfers.

EIN EKELHAFTER TYP

Ayoub Badri arbeitete als Reinigungskraft in der Clinique Internationale Marrakesch in Marokko. Er hatte im gesamten Krankenhaus Zugang zu allen möglichen Räumlichkeiten.
Unter anderem konnte er auch das Leichenschauhaus des Krankenhauses betreten.
Dort hielt sich Ayoub Badri am liebsten auf. Vor allem dann, wenn sich sonst keine andere Person außer ihm darin befand.
Ayoub Badri hatte nämlich eine sehr krankhafte Eigenschaft, die er nur für sich behalten und in den sieben Jahren, in denen er im Krankenhaus angestellt war, niemandem verraten hatte.
Er war ein gestörter und ekelhafter Mann mittleren Alters gewesen, der verheiratet war und vier Kinder hatte.
Trotz seiner glücklichen Ehe und seiner vier großartigen Kinder, konnte Ayoub Badri seine verdorbene und ekelerregende Seite nicht besiegen.
Denn er war ein Nekrophiler gewesen, der mit großer Leidenscahft Frauenleichen unsittlich berührte.
Eines Nachmittages jedoch, als gerade eine frische Leiche im Leichenschauhaus aufbewahrt worden war, die einer jungen Studentin, die

durch ein Autounfall ums Leben gekommen war, gehört hatte, wiederfuhr Ayoub Badri etwas ganz schreckliches.

So wie immer auch, wollte sich Ayoub an die frisch eingelieferte Leiche heranmachen. Doch, noch bevor er sich der Leichen, der jungen Frau nähern konnte, spürte Ayoub einen sehr kalten Luftzug, den er noch nie zuvor wahrgenommen hatte. Es befanden sich keine Fenster im Leichenschauhaus und die einzige Tür war verschlossen gewesen.

Es befand sich zwar ein Luftschacht in dem Raum, jedoch kam der kalte Luftzug nicht von dort, vergewisserte sich Ayoub.

Er entschied sich die immer steigende Kälte zu ignorieren und konzentrierte sich wieder auf die Leiche der jungen Studentin.

Er wollte es schnell hinter sich bringen und sofort das Leichenschauhaus verlassen, bevor noch irgendjemand den Raum betrat.

Doch, als er sich wieder einige kurze Schritte genähert hatte, hörte Ayoub plötzlich ein leises und unverständliches Flüstern, sodass er kurz zusammenzuckte und sich umgesehen hatte. Er dachte, dass vielleicht noch eine Person sich im Raum aufhalten würde, doch er war der einzige darin gewesen.

Ayoub wurde langsam nervös, aber auch leicht wütend. Denn, er ließ sich nicht gerne ablenken. Er versuchte sich zu beeilen und erhöhte um eine kleine Spur sein Tempo. Doch wieder, als er kurz davor gewesen war, den Leichensack, in der sich die frische Leiche der kürzlich verstorbenen Studentin befand, aufmachen wollte, erstarrte er vor großer Angst.

Denn direkt vor Ayoub, nur drei Meter entfernt, stand ganz plötzlich ein geisterhaftes Wesen, das ihn direkt angestarrt hatte.

Der Geist schien weiblich zu sein und hatte dämonische Noten an sich. Ayoub war vor Angst wie gelähmt gewesen, weil er so etwas noch nie zuvor erlebt hatte.

Vor großer Furcht versuchte er panisch das Leichenschauhaus so schnell wie möglich zu verlassen.

Aber, Ayoub bekam die Tür nicht mehr auf. Er zog daran, er versuchte sie aufzuschieben, er rüttelte und klopfte, aber nichts hatte geholfen. Die Tür war wie festgeschweißt gewesen. Es war ihm nicht möglich gewesen zu entkommen.

Kurz darauf schrie er um Hilfe, doch niemand konnte ihn hören. Aus Angst begann er zu weinen und zu schreien an, während das dämonische Geisterwesen ihn immer noch an genau der selben Stelle, wo es erschienen war, anstarrte.

Dann begann es sich langsam zu ihm zu bewegen. Es schwebte etwa zwei Zentimeter über dem Boden direkt auf Ayoub zu.

Plötzlich begann das Wesen mit Ayoub zu

sprechen und sagte ihm mit einer tiefen und dämonischen Stimme, dass er sich nie wieder an Frauenleichen vergehen wird können.

Kurz darauf hatte das Geisterwesen den Kopf von Ayoub gepackt und mit einem leichten Ruck ihm das Genick gebrochen.

Als man wenige Stunden später seine Leiche im Leichenschauhaus vorgefunden hatte, hang sein brutal zerfleischter Körper mit gestreckten Armen und Beinen und seinem verdrehten Kopf, an der Wand. Scheren und Skalpelle hatten dabei als Nägel gedient.

Das Leichenschauhaus war von seinem Blut getränkt gewesen.

DIE FLIRTFALLE

Männer, die untreu waren und auch sehr gerne
fremdgingen und ihre Ehefrauen oder ihre
Freundinnen betrogen, waren überall auf der
Welt zu finden.
Sie flirteten mit fremden Frauen und erhofften
sich dadurch einen netten Abschluss zu zweit.
Und genau diese Art von Männern, waren bei der
besonders hübschen und recht attraktiven Dame
namens Sinem, äußerst willkommen gewesen.
Sinem war eine 35-jährige Frau mit einer
enormen Ausstrahlung an Selbstbewusstsein,
nach der sich so ziemlich alle Männer in Istanbul
umdrehten, wenn sie ganz elegant an ihnen
vorbeilief.
Sie war ein absoluter Blickfang gewesen und wer
nach ihr gesehen hatte, betrachtete sie ein
weiteres Mal.
Durch ihre seltene Schönheit und ihre
Ausstrahlung konnte sie sich jeden Mann, den sie
haben wollte, um den Finger wickeln.
Daher war Sinem oft nachts in Clubs und Bars
unterwegs, um Jagd auf Männer zu machen, die
sie mit einem reizvollen Flirt sofort in ihren Bann
ziehen konnte.
Die Männer, ganz egal, ob sie bereits eine feste

Beziehung oder bereits verheiratet waren oder nicht, spendierten ihr ein Drink nach dem anderen und fingen mit ihr zu flirten. In der Regel war es Sinem vollkommen egal gewesen, ob die Männer bereits vergeben waren oder nicht. Das interessierte sie nicht im geringsten. Für sie war es nur wichtig, dass sie am Ende des Abends mit einem Mann nach Hause gehen konnte.

Und genau das, schaffte Sinem auch jedes Mal. Im Grunde hätte sie alle Männer, die sich im Club befanden mitnehmen können, so betörend und verführerisch sie auch gewesen ist. Doch ein einziger Mann für eine Nacht war für Sinem genug gewesen.

Jedoch hatte sie die Männer für einen komplett anderen Zweck verführt und zu sich nach Hause geholt, als die Männer von Anfang an vermuteten und sich auch erhofften.

Ganz egal wie erotisch die Gespräche zwischen ihr und ihren Opfern gewesen waren, waren sie alle von ihr gespielt gewesen. Denn so konnte sie die Männer genau dort haben, wo sie sie haben wollte.

Und, sobald Sinem die Männer dazu gebracht hatte sich selbst auszuziehen, zeigte sie ihnen erst dann ihr wahres Gesicht.

Denn ganz plötzlich hatte sich die wunderschöne und reizende Frau, direkt vor den sehr erschrockenen und panischen Augen der Männer, in eine äußert furchterregende Kreatur verwandelt.

Ihr Kopf und ihr Oberkörper sahen weiterhin aus, wie die von einer gewöhnlichen Frau. Sie bekam sehr wirre Haare und hatte einen grausamen Gesichtsausdruck.

Ihre Arme verwandelten sich in mächtige Flügel, die mit Federn bedeckt waren. Die Federn hatten verschiedene Farben wie Grau, Schwarz und Dunkelbraun gehabt, die sie dadurch noch bedrohlicher wirken ließen.

Ihr Unterkörper ähnelte dem eines großen Raubvogels, mit kräftigen, schuppigen Beinen und sehr scharfen Krallen, die bereit waren ihre Opfer jederzeit zu packen. Ihre Augen bekamen eine stechend leuchtende Farbe in rotlich gelben Tönen. Ihr schmaler Mund war mit spitzen und messerscharfen Zähnen besetzt, die ihre menschenfressende Neigung andeuteten.

Nachdem sich ihre Verwandlung abgeschlossen und sie sich in ihrer gewöhnlichen Natur ihren Opfern gegenüber offenbart hatte, war klar gewesen, dass Sinem eine Harpyie gewesen war, die sich von Menschen ernährte.

Doch sie aß nicht Menschen an sich. Sie bevorzugte nur Männer, weil sie sich ausschließlich von deren Geschlechtsorganen ernährt hatte.

So stürzte sich Sinem, die Harpyie, mit einer Mischung aus animalischer Wildheit und menschlicher Boshaftigkeit, auf ihre wehrlosen

Opfer nieder, zerfleischte sie bis zu ihrem Tod und fraß anschließend nur ihre Genitalien auf. Denn in ihnen waren gewisse Vitamine vorhanden, die für das Überleben von Sinem Lebenswichtig waren. Sie erlangte dadurch mehr Macht, mehr Stärke und Energie und konnte viel länger jung bleiben.

DIE FRAU MIT EINEM STRICK UM DEN HALS

Den Angestellten des Hotels Kawakawa in Wellington, die Hauptstadt von Neuseeland, war die Geschichte von der Frau mit einem Strick um den Hals durchaus bekannt gewesen. Doch das Hotel, das nach einer alten Heilpflanze benannt war, versuchte alles, um die unangenehme Geschichte, so gut es konnte, zu verbergen. Eine schaurige Geistergeschichte sollte schließlich potenzielle Gäste nicht davor abschrecken ein Zimmer zu buchen.

Abgesehen davon glaubte der Hotelmanager, Hugo O'donnell, nicht an diese schwachsinnige Geistergeschichte, da er niemals Augenzeuge davon geworden war, obwohl er bereits seit vierzehn Jahren in diesem Hotel arbeitete.

Doch einige ehemalige Gäste, aber auch das Hotelpersonal, wie zum Beispiel ein paar von den Zimmermädchen, hatten geschworen, dass sie im Zimmer mit der Nummer 136, an einem Strick hängende Leiche einer jungen Frau deutlich gesehen hatten. Sie soll zu unbestimmten Zeiten immer wieder auftauchen und nach wenigen Sekunden wieder verschwinden.

Die Zimmermädchen, die dieses schreckliche Erlebnis gemacht hatten, hatten sofort danach ihre Stelle gekündigt und wollten nie wieder ein Fuß in das Hotel Kawakawa setzen. Auch die

Gäste, die Zeugen von diesem gespenstischen Spektakel geworden waren, waren niemals wieder Gäste dieses Hotels gewesen.

Vor zwanzig Jahren soll eine 23-jährige junge Frau namens Inaya Waheed, die aus Tanta, Ägypten, stammte, ganz alleine in das Hotel eingezogen sein. Nur vier Tage Später, soll sie sich in ihrem Zimmer mit der Nummer 136 an einem Strick, den sie sich wohl selbst besorgt hatte, erhängt und sich so das Leben genommen haben.

Wie sich in den damaligen Ermittlungen später herausgestellt hatte, war Inaya aus ihrer Heimat nach Neuseeland geflüchtet, weil ihr Vater sie mit einem weitaus älteren Mann zwangsverheiraten wollte. Inaya wollte so weit wie möglich weg von ihrer Familie sein, damit man sie niemals erwischen konnte. Doch irgendwie hatte es ihre Familie geschafft sie ausfindig zu machen und wollte sie zurück nach Hause holen. Da Inaya das nicht wollte und keinen Ausweg mehr gesehen hatte, hatte sie sich für Selbstmord entschieden.

Und seither soll in dem Zimmer 136 im Hotel Kawakawa ihr Geist spuken.

Daher war das Zimmer 136 recht unbeliebt bei den Gästen gewesen, die von der schauderhaften Spukgeschickte gehört hatten. Doch Hugo O'donnell glaubte nicht daran und wollte dem Geistermärchen ein für allemal ein Ende setzen und den Namen des Zimmers 136 wieder rein waschen.

Hugo hatte beschlossen eine einzige Nacht in dem Zimmer 136 zu verbringen, um herausfinden zu können, ob sich tatsächlich der Geist einer jungen Frau sich ihm zeigen würde oder nicht.

Er hatte es sich in dem Zimmer gemütlich gemacht und wollte die Nacht abwarten.

Es vergingen Stunden und es war recht dunkel geworden, aber von einer Geistererscheinung war nichts zu sehen gewesen.

Und, weil sich seit Stunden seines Aufenthaltes in dem Zimmer 136 kein Geistermädchen zeigen ließ, fühlte sich Hugo O'donnell durch seine Theorie bestätigt.

Es war bereits nach Mitternacht gewesen und immer noch gab es keine Anzeichen von einem gruseligen Spuk in dem Zimmer. Hugo O'donnell war sich ganz sicher davon gewesen, dass sich die Menschen den Geist nur einbildeten, weil sie eventuell die Vorgeschichte dazu gekannt hatten. Denn er konnte deren Aussage nicht bestätigen.

Irgendwann hatte Hugo O'donnell das Bedürfnis gehabt die Toilette in dem Zimmer aufzusuchen. Er betrat sie, um sich zu erleichtern.

Nachdem er wieder aus der Toilette herausgekommen war, legte er sich auf das Bett und schaltete den Fernseher ein. Denn Hugo O'donnell wollte die ganze Nacht über wach bleiben, damit er ja nicht den Geist verpassen wollte, der seiner Meinung nach, gar nicht existierte.

Er schaltete zwischen den Sendern und war auf der Suche nach einer unterhaltsamen Sendung oder einem Film gewesen.

Doch als Hugo O'donnell hin- und herschaltete, war ihm etwas unheimliches aufgefallen, sodass er bei einem der Sender sofort stehengeblieben war.

Am Bildschirm des Fernsehapparates konnte er sich selber im Zimmer sehen. Als würde er gerade live gefilmt werden. Er sah sich im Zimmer um, weil er gedacht hatte, dass vielleicht einer der Gäste irgendwo eine versteckte Kamera platziert hatte, konnte jedoch nichts finden. Weder an der Stelle, wo die Kamera laut den Aufzeichnungen im Fernseher sein sollte, noch wo anders im Zimmer. Hugo O'donnell fand das sehr merkwürdig und wurde leicht stutzig. Er war gerade dabei gewesen jemanden von der Hoteltechnik, der Bereitschaftsdienst gehabt hatte, von seinem Handy aus zu kontaktieren.

Doch als Hugo O'donnell kurz davor gewesen war den Anruf zu tätigen, rutschte ihm das Herz in seine Hose. Auf dem Bildschirm, der immer noch ihn selbst in dem Zimmer 136 gezeigt hatte, sah er noch etwas anderes schreckliches. Direkt hinter ihm baumelte von der Decke herab die geisterhafte Leiche eines jungen Mädchens hinunter.

Er drehte sich langsam um und sah tatsächlich den Geist der vor zwanzig Jahren verstorbenen jungen Frau Inaya Waheed am Strick hängen.
Noch im selben Augenblick riss der Geist seine Augen weit auf und sagte mit Schaum überlaufenem Mund >>*Ihr werdet mich niemals erwischen!*<<
Völlig erschrocken und mit panischer Angst rannte Hugo O'donnell so schnell er konnte aus dem Zimmer 136 hinaus, ohne sich ein einziges Mal umgedreht zu haben.

LAUTE SCHRITTE

Familie Murray war erst kürzlich in ihr neues Haus in Perth, Schottland, eingezogen.
Es war ein schönes und bescheidenes kleines Heim für die vierköpfige Familie.
Es hatte einen kleinen Hintergarten und einen noch kleineren Vordergarten. Es hatte ein Erdgeschoss und ein Zwischengeschoss sowie einen kleinen und engen Dachboden und einen kleinen Kellerabteil ganz unterhalb.
Das Haus war für den Anfang genug für die Familie Murray gewesen.
Jedoch passierte, schon bereits nach wenigen Tagen ihres Einzugs, etwas seltsames in dem Haus.
Jedes einzelne Familienmitglied hatte, mit einigen Tagen Abstand, immer wieder seltsame Schritte in dem Haus wahrgenommen, die von einer weiteren Person zu kommen schienen.
Aber, außer dem Ehepaar, ihrer 15-jährigen Tochter und ihrem 10-jährigen Sohn war sonst niemand in dem Haus gewesen.
Das erste Mal hatte sich die paranormale Aktivität ereignet, als sich Keith Murray am Dachboden befand, weil er dort noch ein wenig aufräumen und Ordnung schaffen wollte. Als er

276

gerade dabei gewesen war einige Kisten übereinanderzustapeln, hörte er plötzlich feste und schnelle Schritte, die immer lauter wurden, je mehr sie sich ihm näherten.

Panisch hatte er sich umgesehen, konnte jedoch keine Person sehen. Zuerst dachte er, dass sich vielleicht noch jemand aus der Familie auf dem Dachboden befinden würde, aber außer seine Frau Bonnie und er, war niemand im Haus gewesen. Die Kinder waren zu dem Zeitpunkt beide in der Schule gewesen und Bonnie befand sich draußen im Hintergarten und kümmerte sich um die Pflanzen.

Keith war beinahe am Durchdrehen gewesen, als ihm klar geworden war, dass die Schritte nicht von einem Menschen stammten. Denn er hatte sie zwar gehört, hatte jedoch keine Person gesehen. Obwohl er in genau die Richtung gesehen hatte, aus der die Schritte gekommen waren.

Nachdem er keine Person wahrnehmen konnte, zu der die immer näher kommenden und lauter werdenden Schritte gehören könnten, hatte er alles liegen gelassen und verließ umgehend den Dachboden.

Noch am nächsten Tag hatte seine Frau Bonnie die selben festen und schnellen Schritte gehört, die Keith bereits gehört hatte.

Doch diesmal waren die Schritte im Keller zu hören gewesen, als Bonnie gerade dabei gewesen war die Wäsche in die Waschmaschine hineinzustecken.

Auch sie hatte sich panisch umgedreht. Doch zu sehen gab es da niemanden. Ähnlich wie bei Keith, hatten sich die Schrittgeräusche direkt auf sie zubewegt. Sie klangen wie ein Stapfen. Es waren feste Schritte gewesen, als würde jemand mit einem dicken Stiefel direkt auf sie zukommen.

Bonnie hatte aus Angst laut aufgschrien, ließ die Wäsche, die sie in den Händen hatte, auf den Boden fallen und lief auf dem direkten Wege die Stufen hinauf und verließ den Keller.

Sie hatte es umgehend Keith erzählt und hatte dabei sehr ängstlich und panisch geklungen.

Keith versuchte sie zu beruhigen und erzählte ihr auch von seinem Erlebnis am Vortag. Noch hatten sie beide keine Ahnung, woher die Schritte stammen könnten und wieso sie direkt in ihrem Haus auftauchten, aber einen Geist wollten sie ausschließen. Denn sie glaubten nicht an Geister und Spuk und waren der Meinung gewesen, dass es für die Schrittgeräusche eine plausible Erklärung geben musste.

Jedenfalls waren in den Tagen darauf keine weiteren Schritte mehr zu hören gewesen und es schien sich alles wieder normalisiert zu haben. Doch dann tauchten die lauten und schnellen Schritte erneut auf. Diesmal war es spätabends gewesen. Die beiden Geschwister Skye und ihr jüngerer Bruder Brodie teilten sich ein

Kinderzimmer und waren tief und fest
eingeschlafen, als sie beide plötzlich durch ein
lautes Geräusch aus ihren Betten gesprungen
waren.

Beide hatten zur selben Zeit am selben Ort sehr
laute und feste Schritte wahrgenommen, die
direkt auf sie zukamen. Die Schritte klangen so,
als würde jemand direkt auf die beiden
Geschwister zulaufen. Aber auch sie hatten keine
Person sehen können.

Die Schritte wurden immer lauter und lauter und
näherten sich immer mehr auf sie zu.

Erst als beide vor lauter Angst zu Schreien
angefangen hatten, waren die Schritte, die sich
mittlerweile bis zu ihren Betten genähert hatten,
plötzlich verschwunden. Die Schritte hatten
abrupt aufgehört, sodass es sofort wieder still
geworden war.

Aufgrund ihres lauten Schreis, stürmten ihre
Eltern in das Kinderzimmer herein, um
nachzusehen, ob alles in Ordnung gewesen war.
Nachdem die Kinder ihren Eltern von ihrem
schrecklichen Vorfall erzählt hatten, war es für
sie eindeutig gewesen. Die Familie Murray
musste sofort aus dem Haus ausziehen, weil es
dort offenbar doch gespukt hatte.

EIN RIESE IN DEN BERGEN

Es war bereits bekannt, dass sich angeblich irgendwo in den Bergen von Arequipa, Peru, ein echter Riese versteckt halten soll.
Viele Augenzeugen hatten von der gewaltigen Kreatur berichtet und sie als ein etwa 15 Meter großes, stark behaartes und menschenähnliches Wesen beschrieben.
Laut weiteren Augenzeugen, die angeblich dem Riesen begegnet und nur um eine Haaresbreite entkommen waren, soll es zudem eine große Nase haben auf dessen Spitze sich ein etwa 20 cm langes spitzes Horn befindet.
Der Riese macht im Verborgenen Jagd auf Menschen, die sich ganz in seiner Nähe befinden, fängt sie und verschleppt sie in sein Höhlenversteck, um sie anschließend dort aufzuessen.
Es gab bereits viele Meldungen über Wanderer und Abenteurer, die in den Bergen und auch in deren Umgebung spurlos verschwunden waren.
Viele machten dafür den Riesen verantwortlich.
Doch sämtliche Einsatzkräfte des Landes sowie auch spezielle Suchtruppen, hatten weder ein Versteck noch den Riesen selbst entdeckt, als sie den Vermisstenfällen nachgegangen waren und somit auch diese Theorie überprüfen wollten.

Demnach hatten die Behörden eine solche Theorie, dass eine menschenfressende Riesenkreatur, die in den Bergen leben soll, ausgeschlossen.

Doch, es gab genug Abenteurer und selbsternannte Kyrptozoologen, die sich auf die Suche nach dem Riesen in den Bergen gemacht hatten.

Immer wieder wanderten einige von ihnen auf den Bergen in Arequipa und machten Jagd auf die Riesenkreatur. Es reizte sie einfach an und sie wollten der Welt unbedingt beweisen, dass eine solche Kreatur tatsächlich existieren würde.

Viele von ihnen kehrten enttäuscht zurück nach Hause, weil sie keine Spur von dem Riesen entdeckt hatten.

Andere wiederum, waren spurlos verschwunden und man hatte nie wieder etwas von ihnen gehört.

Ein dreiköpfiges Team, die sich ebenfalls für Kyrptozoologie und auch für das Paranormale interessierte, wollte sich auch auf die Suche nach dem Riesen in Peru begeben. Vor allem aufgrund der zahlreichen Vermistenfälle, die nie aufgeklärt werden konnten. Sie waren sich absolut sicher gewesen, dass irgendetwas an dieser Geschichte faul gewesen war und etwas damit nicht stimmte.

Sie wollten sich unbedingt selbst davon überzeugen. Gewappnet mit all ihrem Zeug und vielen Fotoapparaten und Videokameras, war das junge Team aus Chigago nach Arequipa, Peru, aufgebrochen.

Es waren bereits zwei Tage seit ihrer Ankunft vergangen, doch das motivierte Team hatte bislang nichts entdecken können.

Am Fuße eines Berges schlugen sie schließlich ihre Zelte auf, weil der Abend hereingebrochen war und sie das Lager noch bei Sonnenlicht aufbauen wollten.

Alle drei saßen zusammen am Lagerfeuer und machten Pläne für den nächsten Tag. Es war kurz vor 22.00 Uhr gewesen, als sie nur ein paar Meter vor ihnen ein Geräusch gehört hatten. Es klang so, als würde sich jemand hinter den Büschen verstecken und sie beobachten. Schnell zückte eines der Freunde seine Taschenlampe heraus und strahlte das Licht direkt auf die Stelle von wo das Geräusch gekommen war.

Zunächst hatten sie nichts sehen können. Weder ein Tier noch eine Person befand sich hinter den Büschen.

Der junge Mann mit der Taschenlampe entschloss sich dazu, sich langsam ein paar Schritte in genau diese Richtung zu bewegen. Auch dann konnte er nichts verdächtiges sehen. Sie waren der Meinung gewesen, dass womöglich eines der nachtaktiven Tiere durch die Büsche geflüchtet war.

Und genau dann, in dem Moment, als sich die Person mit der Taschenlampe umgedreht hatte, um zu seinen Freunden zu gehen, erhob sich direkt neben ihm ein riesiger und muskulöser Körper aus den Büschen und präsentierte ihnen allen seine furchtbaren Zähne, während es beim Schreien sein Mund aufgerissen hatte.

Alle drei jungen Männer standen sowohl regungs- als auch fassungslos da und waren vor Angst wie erstarrt gewesen.

Der Riese hatte sich ihnen tatsächlich gezeigt und somit seine Existenz bewiesen. Doch die jungen Männer, würden diese Tatsache niemals publik machen können, weil sie noch an Ort und Stelle von der Riesenkreatur getötet worden waren.

Der Riese, der tatsächlich den Beschreibungen der Augenzeugen entsprochen hatte, hatte mit nur einem Biss, die Köpfe von allen drei Männern abgebissen und verschlang ihre restlichen Körper, als wären sie kleine Snacks gewesen. Lediglich einen einzigen Körper hatte der Riese sich für später aufgehoben. Er hielt die kopflose Leiche fest in seinen großen und kräftigen Händen, während er hinter den Büschen und im Dunkel der Nacht verschwunden war. Obwohl sie mit vielen Kameras ausgestattet gewesen waren, hatte keine von den drei jungen Männern eine Aufnahme von dem Riesen machen können. Der Angriff kam überraschend. Sie hatten damit nicht gerechnet.

BARHOUT, DER ZERMALMER

In ganz Philadelphia, Pennsylvania, USA hatte ein grauenhafter Dämon, den man als "Barhout, der Zermalmer" kannte, in der Unterwelt große Angst verbreitet.

Er war der Anführer einer großen kriminellen Organisation genannt "The Crusher Gang", die sämtliche dunkle und illegale Geschäft in ganz Philadelphia kontrollierte.

Waffenhandel, Drogenhandel, Menschenhandel, Erpressung, Mord und vieles mehr wurden ausschließlich von ihm und seiner Crusher Gang ausgeführt.

Wer sich ihm in den Weg stellte und versuchte seine Arbeit zu sabotieren oder ihn aufzuhalten, landete am Ende in seiner geliebten Zermalmungsmaschine.

Seine Gegner und Feinde wurden, nachdem sie geschnappt worden waren, in eine etwa sieben Meter hohe Maschine hineingeworfen aus dem sie keineswegs entkommen konnten. Von Oberhalb fiel dann die rund 5 Tonenn schwere Decke hinunter und zerquetschte die Person schließlich unter sich wie eine Tomate.

Barhout war als Gangsterboss nicht nur in Philadelphia, sondern im gesamten Kontinent bekannt und auch gefürchtet gewesen. Viele erfuhren erst später, dass er kein Mensch, sondern eine erbarmungslose Kreatur war, der aus der Hölle gekommen war. Daher wollte sich weder jemand mit ihm anlegen noch irgendwelche Geschäfte eingehen, weil sie sich zu sehr von ihm fürchteten. Doch die restlichen Bosse in der Unterwelt, die sich ein wenig mutiger erwiesen, machten dennoch hin und wieder Geschäfte mit ihm. Auch die Polizei kannte Barhout den Zermalmer und wusste, dass er kein Mensch gewesen war. Daher schauten sie über seine illegalen Geschäfte hinweg, sodass er sie ungehindert weiter fortsetzen konnte.

Barhout schien nicht aufzuhalten zu sein und baute seine illegalen Geschäfte immer weiter aus. Er fand großes Vergnügen daran Menschen zu vergiften, ihnen Böses anzutun und ihnen zu schaden.

Dies trieb ihn dazu an sein Handel weltweilt auszubauen und so die Herrschaft über die gesamte Welt zu übernehmen. Mit jedem erfolgreichen Handel, stieg seine Macht immer mehr an. Niemand schaffte es Barhout den Zermalmer aufzuhalten. Er wollte die Menschen leiden sehen und er wollte auch sehen, wie sie alle zu seinen Sklaven geworden waren, die nur nach seiner Pfeife tanzten.

Barhout hatte bis dahin noch viel Arbeit vor sich, bevor er die weltweite Kontrolle erlangen konnte, aber er befand sich bereits auf dem richtigen Weg dorthin. Er handelte intelligent und vorsichtig und rekrutierte immer mehr Männer, die für ihn arbeiteten. Darunter auch ehemalige Gangsterbosse und Polizisten. Wer am Leben bleiben wollte, ging Barhout enweder aus dem Weg oder arbeitete für ihn. So oder so würde ihn niemand aufhalten können und er würde sich seinem großen Ziel immer mehr nähern. Andernfalls würde man sich in der Zermalmungsmaschine wiederfinden.

Barhout der Zermalmer schien also einen sicheren Weg gefunden zu haben, doch selbst ein mächtiger Dämon wie er konnte Probleme bekommen.

Denn Barhout war nicht der einzige Dämon auf der Welt gewesen, der erfolgreich eine kriminelle Organisation geführt hatte. Noch einige andere, teilweise noch gefährlichere Dämonen, führten in anderen Ländern ebenso ein erfolgreiches Geschäft in der kriminellen Unterwelt durch. Um sein großes Ziel erreichen zu können, musste Barhout der Zermalmer es schaffen auch sie alle zu zermalmen. Doch dies könnte viel schwieriger sein, als es zunächst ausgesehen hat.

Manchmal liegt das Heulen der Geister,
in dem Pfeifen des Windes verborgen,
der durch die Stadt hinwegfegt.

-Akif Turan-

Auch in diesem Band wurden Geschichten erzählt, die nach dem satanischen Ritual der vier Hexenschwestern entstanden sind. Doch die Tote Nacht Geschichten sind noch lange nicht fertig erzählt.

Es gibt noch viele weitere grauenhafte und schreckliche Geschichten über kranke Serienmörder, teuflische Monster, schauderhafte Kreaturen, böse Geister, hinterhältige Dämonen, mysteriöse Gestalten, kaltblütige Psychopathen, seltsame Wesen aus fernen Planeten und viele weitere Geschöpfe des Bösen zu erzählen.

Und, so unterschiedlich all diese Kreaturen auch sein mögen, haben sie dennoch etwas gemeinsam. Sie sind alle miteinander schrecklich und fürchterlich sowie widerlich und abartig.

Sie sind alle noch irgendwo da draußen und laufen frei herum. Wenn du nicht gut auf dich achtest, könntest du vielleicht schon ihr nächstes Opfer werden!

Die Schatten werden länger,
und bald wird es Zeit sein, sich zu verabschieden.
Doch, erinnere dich,
in der Dunkelheit ist nichts jemals wirklich vorbei.
Wir sehen uns ... in deinen Träumen.

Mit unheilvollen und blutigen Grüßen,
Akif Turan

.